Waldemar Bonsels wurde 1880 in Ahrensburg (Holstein) geboren. Der Siebzehnjährige begann ein intensives Wanderleben, das ihn durch ganz Europa, Nord- und Südamerika führen sollte. Eine Ausbildung als Missionskaufmann ermöglichte ihm die Begegnung mit Indien; im frühen 20. Jahrhundert erlebte er die Vielfalt neuer künstlerischer Strömungen in der Münchner Bohème. Im Ersten Weltkrieg arbeitete Bonsels als Kriegsberichterstatter und ließ sich dann in Ambach am Starnberger See nieder. Der überwältigende Erfolg seiner Natur- und Tiermärchen »Die Biene Maja und ihre Abenteuer« (1912) und »Himmelsvolk« (1915) überdeckt sein weiteres schriftstellerisches Schaffen mit Werken wie beispielsweise dem aus eigenem Erleben schöpfenden Bericht »Indienfahrt« (1916), den Werken der »Mario-Trilogie« (1937 abgeschlossen), den autobiographischen Aufzeichnungen »Tage der Kindheit« (1931) oder dem Hauptwerk seiner Spätzeit, dem Christus-Roman »Dositos« (1942). Waldemar Bonsels starb 1952 in Ambach.

edition monacensia
Herausgeber: Monacensia
Literaturarchiv und Bibliothek
Dr. Elisabeth Tworek

Waldemar Bonsels

---

# TAGE DER KINDHEIT

Der Text dieser Ausgabe folgt dem von Rose-Marie Bonsels
herausgegebenen Gesamtwerk von Waldemar Bonsels, Band 7,
Stuttgart 1992

Weitere Informationen über den Verlag und sein Programm unter:
www.allitera.de

Bibliographische Information der Deutschen Bibliothek

Die Deutsche Bibliothek verzeichnet diese Publikation in der Deutschen
Nationalbibliographie; detaillierte bibliographische Daten sind im Internet
über ‹http://dnb.ddb.de› abrufbar.

2. Auflage
September 2014
Allitera Verlag
Ein Books on Demand-Verlag der Buch&media GmbH, München
Lizenzausgabe mit freundlicher Genehmigung
der Deutschen Verlags-Anstalt, München
© 1992 Deutsche Verlags-Anstalt GmbH, Stuttgart
Umschlaggestaltung: Kay Fretwurst, Freienbrink
Herstellung: Books on Demand GmbH, Norderstedt
Printed in Germany · ISBN 978-3-86520-090-7

# Inhalt

Erstes Kapitel: Anton und die Goldfische · 7
Zweites Kapitel: Onkel Theodor · 13
Drittes Kapitel: Tante Eukarestie · 22
Viertes Kapitel: Veronika · 29
Fünftes Kapitel: Wirbetanz · 37
Sechstes Kapitel: Pile Trak · 44
Siebentes Kapitel: Vetter Eugen · 53
Achtes Kapitel: Erste Liebe und Enttäuschung · 62
Neuntes Kapitel: Pakete · 69
Zehntes Kapitel: Der Endesunterfertigte · 76
Elftes Kapitel: Die Mutter · 86
Zwölftes Kapitel: Ulsnis · 96
Dreizehntes Kapitel: Ausklang · 104

# Erstes Kapitel

## Anton und die Goldfische

Meine Schwester Anni spielte im Nebenraum Klavier; es war in der Adventszeit. Ich machte im Eßzimmer, nach Meinung meiner lieben Mutter, meine Schulaufgaben, und Winnetou, der große Häuptling der Apachen, hielt jedesmal in seinem Kampf mit einem lasterhaften Gegner inne, wenn Anni bis »O Tan…« gekommen war. Ich drückte gegen den Tisch und nickte aufmunternd und zustimmend, dann endlich kam: »…nenbaum«. Bis die Blätter dieses Baumes späterhin als grün gepriesen wurden, konnte ich ohne Störung ein gutes Stück weiterlesen, ein feindlicher Häuptling erlag und wurde skalpiert. Das Talent meiner Schwester, das schon jetzt deutlich hervortrat, kam erst später zu seiner vollen Entfaltung. Wenn sie mit Veronika Meise vierhändig spielte, wurde sie jedesmal zuerst fertig. Als sie sich verlobte, setzte es wieder aus.

Damals war sie elf oder zwölf Jahre alt, es kann aber auch sein, daß sie erst zehn Jahre alt war, wie ich denn heute, wo ich mich gesammelten Geistes mit Erinnerungen an meine Kindheit beschäftige, zu meinem Kummer feststellen muß, daß ich sie keineswegs in der zeitlich richtigen Reihenfolge zu ordnen vermag. Die Bilder und Gestalten dieser Jahre werden mir nicht im rechten Zusammenhang mit dem eigenen Wachstum und der eigenen Entwicklung deutlich, sondern sie stehen wie ein Blumenstrauß vor mir, von dem niemand mehr zu sagen vermag, wo die einzelnen Blüten auf Wiesen und an Waldrändern gestanden haben und welche er zuerst gefunden hat.

So ist es gut. Unser Erinnerungsvermögen kümmert sich selten darum, welche Erlebnisse nach unserer Meinung oder nach der unserer Eltern und Erzieher von Bedeutung für unsere Entwicklung gewesen sind, sondern es unterliegt ganz anderen, heimlichen Gesetzen von Entstehung, Verbleib und Aufbau der Erfahrung. Unser Unterscheidungsvermögen und unsere Einsicht stehen noch nicht im Einklang mit unserer Empfindungskraft, und was diese aufnimmt, verwerfen jene oder umgekehrt.

Die neue Generation ist der Meinung, daß sie freier lebt als die frühere – das ist ein Irrtum. Wir bekamen unsere Prügel von den Eltern, die jungen beziehen sie direkt vom Leben, das ist der ganze Unterschied. Echte und starke Naturen verschaffen sich zu jeder Zeit die Freiheit, die sie zu ihrer Entwicklung brauchen, diese Freiheit tritt verschieden in die Erscheinung, aber niemals die echte Natur, es sei denn in den Augen derer, die weder echte Natur noch echte Freiheit kennen.

Aus meiner frühesten Kindheit habe ich nur Ereignisse von solcher Geringfügigkeit und Nichtigkeit im Gedächtnis, daß es sich nicht lohnen würde, sie niederzuschreiben, da nur die Atmosphäre ihres Daseins entscheidende Wesenhaftigkeit besitzt und die Tatsachen, ähnlich wie bei Träumen, selten ohne diese Atmosphäre Anteil zu erwecken vermögen. Manches Ereignis, das ich mit Bestimmtheit in mein neuntes oder zehntes Jahr verlegte, erwies sich später durch die Begleiterscheinungen und Berichte meiner Eltern als ein Geschehnis aus meinem sechsten oder siebenten Lebensjahr.

Jedenfalls entsinne ich mich deutlich, daß die Lektüre an jenem Nachmittag, die von Annis musikalischen Übungen begleitet wurde, in mir den Hang nach gefüllter Tafelschokolade auslöste, so daß ich zu unserer Marie, die Hausmädchen und Köchin in einem war, in die Küche ging, um zehn Pfennige für ein Schreibheft anzufordern. Sie gab es mit Gebrumm und Güte. Das große Küchenfenster führte auf den Hof hinaus, es war sauber und still in der nachmittäglichen Küche und Sonnenlicht im Raum. Der Geruch von Speisetöpfen, feuchtem Tischholz und Maries Seife tat mir wohl, diese Atmosphäre verbreitete Wohlstand und Heimlichkeit, ein Gefühl von letzter Zuflucht. Auch war bald Weihnachten.

Meine guten Eltern wollten dieses Weihnachtsfest bei ihren dänischen Verwandten verbringen, wir Kinder waren für diese weite Reise im Winter zu jung, so hieß es. Wie will ein Junge die Weisheit der elterlichen Verfügungen auf ihren Gehalt und ihre Wahrheit hin ergründen? Es war gut so.

Anni begrüßte diese Nachricht mit einem bübischen Zwinkern, das ich sofort verstand: Sie wurde sich darüber klar, daß wir mithin durch den Raum einer Ferienzeit von acht Tagen einander selbst überlassen blieben. Dies erleichterte den Abschied.

Meine Mutter überdachte unseren schlecht verhüllten Frohsinn bei der Trennung mit einer leichten Sorgenfalte, mein Vater nannte uns später tapfer, was ich mir als Urteil über meinen Charakter zu eigen machte. Ich lobte zum erstenmal heimlich eine Welt der Auffassung, in der mir erlaubt war, der Freiheitlichkeit zur Untugend einen wertvollen Namen zu geben, der stärkte.

Wir sollten den Christabend bei Tante Eukarestie verbringen; sie kam selbst und sagte es: »Es ist ein heiliges Fest, ihr Kinder, wahrscheinlich überhaupt das heiligste – es sind wieder Mäuse in meiner Wohnung, nicht viele, aber eine ziemlich große Sorte, graue...«

»Ich werde sie fangen, Tante.«

»Um Weihnachten? Weihnachten ist ein Fest des Friedens, vielleicht das heiligste.«

»Wir töten sie erst am Sechsundzwanzigsten, Tante.«

Meine Tante trug eine Pelerine, die ihr Glockenform verlieh, ihr Hut wies eine Straußenfeder auf, die ererbt war und sich mit den Jahren aufgerichtet hatte, weil ihre langen Härchen verlorengegangen waren. Sie sah jetzt wie eine Reiherfeder aus und galt dafür. Die derben Stiefeletten der Tante legten Zeugnis von einem graden Sinn und der moralischen Festigkeit ihres Charakters ab. Alles, was sie trug, war nicht besonders elegant, jedoch wäre es falsch gewesen, daraus zu schließen, daß sie etwa in beschränkten Verhältnissen gelebt hätte, im Gegenteil, sie hatte eine auskömmliche Rente und schöne Möbel, weil sie niemals verheiratet gewesen war.

Was dies Gebiet betrifft, so erinnere ich mich aus der Zeit, in der sie noch auf dem Lande lebte, eines Vorfalls, der mir damals viel zu denken gab. Sie sagte ihrem alten Hauswart und Gärtner, daß sie Hühner halten wollte; nicht allein der Eier wegen, sondern auch, weil sie sich einsam fühlte. Er legte einen Stall an und beschaffte ihr sechs ausgezeichnete Hennen im besten Lebensalter und einen Hahn.

Meine Tante betrachtete das Treiben der Tiere sorgenvoll. Endlich rief sie den Alten: »So geht das nicht. Ich habe Beobachtungen angestellt, über die ich mich nicht in Einzelheiten auslassen werde. Ich werde es nicht tun! Aber es müssen sofort noch fünf Hähne angeschafft werden. Jede Henne erhält ihren Gatten.«

Der Alte erstarrte. »Aber gnädiges Fräulein ...« begann er.

»Nichts Fräulein! Am wenigsten jetzt! Wo haben Sie um alles in der Welt diesen Hahn her?«

»Aus Eutin«, sagte der Alte, ohne noch Hoffnung zu zeigen. »Nehmen Sie einen aus Neumünster oder besser gleich vom Lande, wählen Sie einen abgelegenen, stilleren Ort, irgendein Dorf an der Küste.«

»Es wird immer das gleiche sein, gnädiges Fräulein«, sagte der Alte, »es liegt so in der Natur dieser Geschöpfe. Gehen Sie auf Bauernhöfe ...«

» Ich werde nicht auf Bauernhöfe gehen. Was soll ich auf Bauernhöfen? Wie ist es mit Tauben?«

»Ähnlich.«

»So nehme ich Goldfische.«

Tante Eukaresties Goldfische, die sie später mit in die Stadt nahm, erregten meine Teilnahme, weil sie behauptete, sie könnte sie voneinander unterscheiden und die Tierchen liebten sie.

»Gehe ich in die Nähe des Aquariums«, sagte sie und lächelte großmütig, »so kommen sie herbei.«

Was hieß das »herbei«? Was sollten sie in diesem engen, runden Bassin, in dem sie gedankenlos kreisten und das durchaus kein Aquarium war, anderes tun als »herbeikommen«? Behauptet jemand, einer besonderen Tierliebe teilhaftig geworden zu sein, so regt sich, namentlich bei der Jugend, Widerspruch, der Hang zum Rangstreit, die Sorge, übersehen oder unterschätzt zu werden.

Meine Schwester Anni wußte Rat: »Gib ihnen Kognak«, sagte sie; »Tante Eukarestie ist in der Stadt und schaut Läden an. Kaufen wird sie doch nichts. Sie erzählt nur, was es gibt.«

Ich holte das Getränk aus dem Eckschrank und gab den Tieren. Sofort begannen sie zu wirbeln. Wer in jungen Jahren einen Goldfisch wirbeln gesehen hat, wird meine Freude nachfühlen können. Einer der Fische, wahrscheinlich das Weibchen, senkte sich nach einer Weile und landete mit schwerer Schlagseite auf dem Grund des Bassins. Der andere suchte sein Heil an der Oberfläche, so daß ich Gelegenheit fand, ihn noch einmal zu tränken. Er nahm einen Anlauf, ähnlich wie ein Delphin, und schnellte sich aus der Flut empor. Sein Zustand erlaubte ihm nicht, die Tragweite seiner Bewegung richtig zu ermessen, denn er landete auf dem Teppich und schlief ein.

Anni, in einiger Entfernung von dem Fisch, sagte bedauernd: »Er ist betrunken. So eine Schande.«

Als ich neues Wasser herbeigeschafft hatte, erholten sich beide

Tiere langsam wieder, nachdem sie noch eine Weile ziemlich schräg auf der Oberfläche gekreist hatten. Der Goldfisch ist sehr zäh.

Da wir sicher waren, daß die Tiere nichts verraten konnten, erwarteten wir die Rückkehr der Tante mit Unschuld und freuten uns auf das herannahende Fest.

Es wäre auch alles gut vonstatten gegangen, wenn Tante Eukaresties Kanarienvogel nicht gewesen wäre. Es war ein Harzer Roller, er hieß Anton und konnte nur im Liegen singen. Meine Tante, die sehr tierliebend war, hatte mir untersagt, die Mäuse, die sich bei ihr zeigten, in der Adventszeit zu verfolgen oder zu fangen, sie dachte eher an die Tage zwischen Weihnachten und Neujahr. Nur die Löcher durfte ich verstopfen und im Efeu rascheln, an dem die Mäuse nach ihrer Meinung in ihre Wohnung emporstiegen, wenn es dunkel war.

Ich wollte nicht rascheln. Zudem war die Falle auf ihre erste Anregung hin von mir erbaut worden, eine kunstvolle Artmischung von Guillotine und Schlagbaum, mit einer Fischbeinfeder aus dem Korsett der Köchin, einer Drahtschlinge und einem Speckköder.

Meine Schwester sah die Falle an und sagte: »Aus dir wird etwas. Ich glaube an dich.«

Sie war selten zärtlich, hielt aber etwas von mir, deshalb liebte ich sie mehr als Tante Eukarestie, bei der es umgekehrt war.

Wir wollten die Falle erproben und wählten Anton.

Anni, die für gewöhnlich mutig war, wenn ich etwas ausführen wollte, zögerte diesmal; damals war ihr Herz noch weicher und besser als meins: »Wenn etwas mit dem Tier passiert«, meinte sie, »bekommen wir von Tante Eukarestie nichts zu Weihnachten.«

»Was die Eltern zurückgelassen haben, muß sie ohnehin geben, und der Christbaum steht schon im Keller.«

Das entschied über Antons Schicksal.

Er sah mich mißtrauisch an, als ich die kleine Gittertür öffnete, piepte zweimal und rückte auf der Stange an das entgegengesetzte Gitter heran. Ich zögerte, als er zu flattern begann, war aber zur Tat entschlossen, weil ich ihn nicht leiden konnte und weil die Falle ausprobiert werden mußte. Es lag sicher an Tante Eukaresties Neigung für diesen Harzer Roller. Sie überschätzte seine Eigenschaften und behauptete, daß er an ihr hinge. Man soll solche Dinge nicht in einem Tonfall vorbringen, der von vornherein jeden Widerspruch ausschaltet.

Ich schob den Vogel in die Falle, und Anni setzte sie in Betrieb. Es ist erstaunlich, wie präzise und knapp der kleine Apparat arbeitete; man muß bedenken, daß ich noch sehr jung war und auf diesem Gebiet keine Vorbildung genossen hatte.

Anton hockte tot in dieser Falle, und als ich ihn triumphierend befreien wollte, ging die Haustür. Wir lauschten völlig benommen, wie Tante Eukarestie den Schnee von ihren Stiefeletten stampfte.

Ich sehe noch heute, wie Anton, ähnlich wie eine Gans, in der Schlinge hing. Sein Hals war länger, als ich es jemals bei einem Harzer Roller beobachtet habe.

## Zweites Kapitel

## Onkel Theodor

Onkel Theodor spielte eine gewisse Rolle in unserer Kindheit: Er behauptete sich in meiner Erlebniswelt sonderbar gewichtig an der Grenze der schlechten Geheimnisse. Ich finde kein anderes Wort für die zugleich bedrängende und aufreizende Wirkung, die er auf mich ausübte, obgleich ich ihn verachtete. Es war einfach die Atmosphäre eines Menschen, der sich zwischen unechter Moralität und echter Lüsternheit in der Mitte hielt, und zwar zugleich aufrecht und mit schlechtem Gewissen.

Ich wußte damals kaum etwas anderes, als daß ich ihn nicht leiden konnte, aber solche Menschen prägen sich dem Gedächtnis und der Erinnerung weit tiefer ein als Leute, die mit gleichmütiger Sympathie aufgenommen werden. Er lebte in einem kleinen Landstädtchen, wo er einen Holz- und Kohlenhandel betrieb, Vorstand des Vereins christlicher junger Männer war und im Tierschutzverein. Er hielt Brieftauben, von denen er nur sonntags welche aß.

»Man sollte«, sagte er, »eigentlich nur die Brieftauben verzehren, welche unzuverlässig sind, ihre Pflicht verabsäumen und nicht wiederkehren. Aber wie soll man das bewerkstelligen, wenn sie nicht wiederkommen?«

Über solche und ähnliche Witze, die er selbst ausdachte, lachte er laut und längere Zeit, hielt dabei den Vollbart mit der Faust fest, als könnte sein Geheul ihn mit fortreißen, und zeigte Zähne von dunkler Färbung. Sein Gelächter stimmte mich sofort auf Abwehr und Ernst, was mir den Vorwurf der Respektlosigkeit eintrug.

»Versteckt ist der Junge«, sagte er einmal zu meinem Vater, »versteckt!«

Mein Vater ließ ihn reden.

Ich suchte bei Anni Verständnis, aber sie sagte nur: »Er riecht schlecht.«

Wenn der Onkel in der Stadt zu tun hatte, was häufig vorkam, wohnte er bei uns. Er hatte die jüngste Cousine meines Vaters zur Frau, war also keinesfalls ehrlich mit uns verwandt, was meine

Mutter zuweilen betonte, wenn wir Besuch hatten und er zugegen war. Er kam stets zu Fuß von der Bahn, trug seinen Koffer selbst und brachte uns kleine Geschenke mit. Wir fühlten aber, daß er sie nur gab, weil er das Hotel sparte; es waren auch immer Dinge, mit denen man nichts anfangen konnte. Einmal bekam ich ein Tonschwein mit Rückenschlitz, das als Spartopf Dienste tun sollte und auf dem Doktor Martin Luther abgebildet war. Er wußte nicht einmal, daß ich mein Geld besser unterbringen konnte als in diesem Tonschwein.

Ein anderes Mal schenkte er Anni, völlig außerhalb seiner Verpflichtungsgaben, ein Fünfpfennigstück, nachdem er lange in seinem dicken, klirrenden Portemonnaie gewühlt und gesucht hatte, um ihre Erwartung zu spannen. Abends ließ sie es sich von ihm wechseln, damit er sehen konnte, wieviel er gespendet hatte. Noch heute sehe ich ihr dankbares Lächeln und die bescheidene Neigung des blonden Köpfchens. Sie war viel klüger und reifer als ich, obgleich sie ein Jahr jünger war; ihre Unverschämtheit zeigte sich in süßester Grazie, und ihre Frechheiten waren lieblich. Der Onkel murmelte.

Diesmal traf sein Besuch in unsere Ferien, als die Eltern abwesend waren, und Marie mußte das Fremdenzimmer richten. Ich sah ihr zu, weil es regnete, und erkannte an der Art, wie sie die Leinentücher warf und das Kopfkissen klopfte, daß ihr der Besuch des Onkels unwillkommen war und daß sie ihn nicht leiden konnte. In solchen Dingen verstanden wir uns immer, sprachen aber selten darüber.

Der Onkel war herrischer als sonst, prüfte das Essen genau und trat viel lauter auf als früher, in Gegenwart meines Vaters. Bei Tisch nahm er sich meiner an und sagte, ich äße zu viel. »Du schlingst«, rief er und schwenkte die Gabel; »das kann man nicht mehr essen nennen!«

Ich schwieg, weil er mir leid tat, stellte aber fest, daß ich kaum soviel gegessen hatte, als ihm vom Brot, der Suppe und den Bohnen im Bart hängengeblieben war. Ich sage nichts Falsches, wenn ich aus deutlicher Erinnerung niederschreibe, daß er mir leid tat; ich hätte es damals niemandem erklären können, und heute will ich es nicht mehr. In diesen beiden Einstellungen liegt die Nachsicht des Lebens, die die Anmaßung der Mittelmäßigen fast überall erfährt und in der sie gedeiht und wuchert.

Als er nachmittags, ziemlich früh, von seinen Stadtgängen zurückkam, langweilte er sich, man sah es daran, daß er mit den Händen in den Hosentaschen im Wohnzimmer umherging und alle Gegenstände betrachtete, die er längst kannte.
»Was hast du heute nachmittag getan?« fragte er mich.
»Nichts«, sagte ich. Das ist zunächst immer das Beste.
»Du solltest dich sinnvoll beschäftigen«, fuhr er fort und gähnte dröhnend. »Meine kleine Tochter, deine Cousine Veronika, solltest du sehen! Das ist ein Kind nach dem Herzen Gottes. Immer munter, immer beschäftigt. Neulich sage ich zu ihr …«, und nun folgte eine lange Geschichte, aus der die Weisheit, die Anmut und die seelische Feinheit dieser Veronika hervorgingen.
Ich wußte schon, daß andere Kinder Tugenden hatten, und gähnte auch.
»Du bist unerzogen«, unterbrach sich der Onkel, »Veronika würde nicht gähnen, wenn ich ihr etwas Interessantes erzählte.« Dann musterte er mich, so daß ich glaubte, ein Knopf stünde unten bei mir auf, und fragte: »Lebst du eigentlich keusch?«
Ich antwortete zunächst, wie stets in zweifelhaften und undurchsichtigen Fällen: »Nein.«
Der Onkel fuhr herum: »Wieso?! Was tust du?«
»Nichts«, sagte ich und dachte nach, was er meinen könnte. Er starrte mich eine Weile forschend und drohend an, aber unsicher, so daß ich merkte, daß er keine Beweise hatte. So beschloß ich zu leugnen, was immer aufgeklärt werden sollte, aber der Onkel schwenkte ab und betrachtete wieder Möbel, dabei lächelte er ziemlich dünn vor sich nieder. Endlich entfernte er sich, deutlich von einem Entschluß getrieben. Mich schien er vergessen zu haben.
Ich mußte hinter diese Sache kommen und besprach sie mit Anni. Anni nahm eine Puppe aus, weil ich Sägemehl für meine Käfige angefordert hatte; jetzt hielt sie inne und dachte nach: »Keusch«, sagte sie, »das hat etwas damit zu tun, wenn Meerschweinchen Junge kriegen, oder vorher, genau weiß ich es nicht. Man darf sich zum Beispiel nicht ausziehen, wenn jemand dabei ist. Aber ich glaube, nur Mädchen.«
»Also, was will der Onkel?«
»Wenn er einmal mich fragt, so werde ich es herausbringen«, versprach Anni mir.
Dann mußte ich das Sägemehl prüfen, das aus der Puppe rann,

die langsam mager wurde und nach hinten absank. Darüber vergaß ich die Sorgen des Onkels für eine Weile, aber es blieb ein Geheimnis um dieses Wort, das mich beschäftigte, es waltete etwas Finsteres, mit einem gefährlichen trüben Licht darin, das lockte.

So schickte ich Anni auf Vorposten und ließ sie eines Tages beim frühen Nachtmahl auf der Veranda gegen den Onkel vorstoßen.

»Onkel«, sagte sie traurig und auf jene stille, liebe Art, hinter der sie ihre Frechheit wundervoll zu verbergen wußte, »Onkel, ich lebe nicht keusch.«

Der Onkel erstarrte. Seine ohnehin vorquellenden Augen, rot und rund, saßen jetzt auf Stielen. Aber dann lächelte er sehr fürsorglich auf Anni hin und schrie mich an: »Hinaus mit dir!«

Nun, nun. Die Heftigkeit fiel mir auf, ich entfernte mich und schlug die Tür zum Eßzimmer hinter mir zu, öffnete sie aber sofort wieder, so daß ich sehen und hören konnte.

Der Onkel war ganz auf Anni aus und achtete nicht auf die Tür.

»Kind«, sagte er nur, »Kind, Kind!«

Es wurde hierauf still und voller Erwartung auf der Veranda, aber es war nichts aufgeklärt.

Anni schob den Onkel von sich fort und sagte: »Was ist eigentlich keusch?«

Sie fragte jetzt laut und geradeheraus, denn sie fühlte am Verhalten des Onkels, daß sie sich in Gefahr gebracht hatte.

»Komm einmal zu mir«, sagte der Onkel mit verschleierter Stimme. Seine Hände zitterten.

Anni sah sich nach der Tür um, und als sie mich entdeckte, antwortete sie ruhig: »Nein, Onkel Theo. Aber sage mir doch, was keusch ist.«

Der Onkel faßte sich, erlebte deutlich irgendeine fremdartige Rückkehr zu sich selbst, die verdrießlich sein mußte, und schien sich zu besinnen. Er dachte angestrengt nach und schüttelte dann den Kopf mit einem Lächeln, das niemand in der Welt verziehen hätte. Arme Anni. Ich beschloß, künftighin selbst Vorstöße zu machen. Er sagte nur ziemlich armselig und deutlich mit abseitigen Vorstellungen: »Darüber kann ich jetzt noch nicht mit dir sprechen, du bist noch zu jung.« Und dann, sichtlich ein wenig freier und entschlossener: »Darüber schweigt man besser.«

Es war deutlich, der Onkel wußte es selbst nicht. Er wirkte sonderbar feige auf mich, als habe er aus Ängstlichkeit ein Wort oder eine Tat vermieden, zu denen es ihn drängte. Es blieb rätselhaft und dunkel um diese Frage. Mit solcher Erfahrung ließ ich den Gegenstand vorläufig fallen. Vielleicht konnte Pile Trak mir Auskunft geben.

Nachmittags kam zuweilen Tante Eukarestie, um im Haushalt nach dem Rechten zu sehen, darum hatte meine Mutter sie gebeten; freilich war diese Bitte nur aus Nachsicht und Entgegenkommen entstanden, denn Tante Eukarestie wäre auf jeden Fall erschienen, und meiner Mutter war es eigentlich nicht recht. Die lebhafte Fürsorge der Tante für unser aller Ergehen vermischte sich sehr stark mit Widerspruch gegen unsere Lebensart, und sie benutzte die Abwesenheit meiner Eltern, um ihre wirtschaftlichen und pädagogischen Reformen zur Geltung zu bringen. Meinen Vater hielt sie für einen großen Verschwender, obgleich sie ihn einzig wegen seiner noblen Eigenschaften liebte.

»Anni«, sagte sie, »sitz grade!«

Diesen Satz vergesse ich nicht, solange ich lebe. Sie sagte ihn manchmal auch, wenn Anni stand, dann hatte er für den Fall Geltung, daß sie sich niederlassen würde. Ob ich selbst mich grade oder krumm hielt, war ihr gleichgültig, weil ich keinen Busen aufzuweisen oder zu erwarten hatte. Es war ihre Meinung, daß die normale und schönheitsgerechte Entwicklung der Brust von der steilen Haltung der jungen Mädchen beim Sitzen abhing.

Sie sagte es nicht uns, aber ich hörte einmal, wie sie mit Marie darüber sprach. Sah man unter solcher Entwicklungsauffassung unsere Marie an, so wurde deutlich, daß sie sich ihre ganze Kindheit hindurch wie ein Stock gehalten haben mußte.

Recht hatte Tante Eukarestie immer; ich habe niemals im Leben wieder einen Menschen kennengelernt, der soviel Gutartigkeit mit rechthaberischem Sinn zu vereinen vermochte. Da sie es wirklich und wahrhaftig gut meinte, konnte sie nicht begreifen, wie man ihren Ansichten Widerspruch entgegenzusetzen wagte; sie war der erschütternd deutliche Beweis dafür, daß es durchaus nicht allein auf die Gesinnung eines Menschen ankommt, wie viele behaupten, sondern daß Gesinnung erst in Gemeinschaft mit Vernunft und Einsicht einen Charakter auszumachen pflegt.

Den Onkel haßte Tante Eukarestie mit einer Leidenschaft, die niemand ihren siebzig Jahren zugetraut hätte. Dabei behandelte sie ihn ungemein entgegenkommend, mit einer Höflichkeit, von der sie hoffte, daß mit ihr die eisige Kälte ihrer Verachtung wie Schnee und Hagel niederprasselte. Leider merkte der Onkel den Temperaturgrad ihres Verhaltens nicht, er fühlte sich zumeist sehr geehrt durch Tante Eukarsties Höflichkeit und machte ihr den Hof in der fürchterlichen Ritterlichkeit eines bornierten Heuchlers.

So kam es häufig zu ungewöhnlich höflichen Zänkereien voller Courtoisie und so angestrengter Artigkeit, daß die Bosheit unter dem Deckmantel der Liebe strampelte wie ein Schwein in einem Sack. Tante Eukarestie färbte sich bei solchen Anlässen langsam rot, und ihre lieben alten, zarten Hände zitterten und flogen, während ihr Onkel Theodor wutschnaubend dicke Tabakswolken ins Gesicht blies und heulte: »Verzeihen Sie, gnädiges Fräulein. Es wird kein zweites Mal vorkommen!« Und dann blies er wieder eine große Wolke auf sie.

Tante Eukarestie versuchte den Rauch mit Hand und Taschentuch abzuwehren und gleichzeitig die Übeltat des Onkels vollständig zu ignorieren, was Konflikte mit sich brachte. Außerdem hatte der Onkel das Wort »Fräulein« so eigentümlich hervorgehoben, daß es geradezu schnöde klang, so, als ob er damit sagen wollte: Einen Mann haben Sie natürlich nicht bekommen, wie sollten Sie auch.

Ist man unfreundlich aufeinander zu sprechen, so bedarf es keines besonderen Anlasses, um in Streit zu geraten; immer sind Gründe vorhanden, sie liegen umher wie Kieselsteine. So weiß ich noch gut, daß einmal das Gespräch auf eine sehr schöne Schauspielerin kam, die im Sommertheater auftrat, und Onkel Theodor begeisterte sich. Tante Eukarestie kannte nur den schlechten persönlichen Ruf dieser Künstlerin und behauptete deshalb, daß sie talentlos sei.

»Schon Schiller sagt, glaube ich, irgendwo, daß die Kunst und die Moral Hand in Hand gehen«, rief die Tante, »wie kann da etwas Rechtes an dieser Person sein!«

Onkel Theodor klammerte sich rasch an das »irgendwo«, das der Tante in ihre Sicherheit gerutscht war, und behauptete gedehnt und nachdrücklich: »Ich entsinne mich nicht, diesen Satz jemals bei Schiller gelesen zu haben.«

Er dachte sehr nach. Sollte man seinem Gesichtsausdruck trauen, so überflog er den ganzen Schiller.

»Sie haben außer der ›Glocke‹ überhaupt nichts von Schiller gelesen!« rief die Tante. »Und auch die ›Glocke‹ nur allzu flüchtig, das sieht man sofort. Der Satz steht bei Schiller, ich weiß es bestimmt.

Wie käme Eichendorff zu solchem Ausspruch oder Mörike? Ich will nicht in Abrede stellen, daß ich ihn vielleicht bei Gerok fand, den Sie auch nicht gelesen haben.«

Onkel Theodor zitterte vor Verdruß über die Aussichtslosigkeit, jemals überzeugen zu können: »Wer immer sich zu solchem Satz hat hinreißen lassen«, rief er und wurde rot, was man sogar unter dem Bart sah, »der irrt! Ich, Theodor Meise, behaupte das nachdrücklich. Und um auf den Gegenstand zurückzukommen: Ich behaupte noch mehr: Wäre es mir vergönnt, dieser herrlichen Künstlerin auch nur den Saum ihres Kleides zu lüpfen, so würde ich dafür bereit sein, ein Leben lang ihre Kleider zu bügeln!«

Der Satz gefiel ihm, er suchte nach Zuhörern, sah mich an und wiederholte ihn schreiend. Ich erschrak und verstand nur, daß der Onkel bügeln konnte.

Tante Eukarestie erhob sich, am ganzen Körper bebend: »Wie?! Was haben Sie da eben vorgebracht?! Lüpfen wollten Sie? Sie wollten da irgendwo lüpfen? Was immer unsere Größten über Moral gesagt haben mögen, soviel verstehe ich auch davon, daß ich hiermit das Gespräch sofort abbreche.«

So und ähnlich ging es oft. Ein anderes Mal rief der Onkel unsere Köchin Marie und betonte dabei ostentativ die erste Silbe ihres Namens, weil er auf seinen Geschäftsreisen zuweilen Bayern berührt hatte. In meiner Heimat würde niemand auf den Gedanken kommen, diesen Namen anders als mit dem Ton auf der letzten Silbe auszusprechen, und zwar betont, gewissermaßen in die Länge gezogen, so daß man das »Ma« nur bei günstigen Verhältnissen und in sehr gebildeten Kreisen deutlich wahrnähme.

»Sie sprechen das Wort aus, als ob es mit zwei ›r‹ geschrieben würde und kaum ein ›i‹ enthielte, geschweige denn ein ›ie‹, was es doch hat«, sagte Tante Eukarestie. »Das ist maniriert, verzeihen Sie, aber natürlich ist es nicht, keinesfalls natürlich …«

»Es wird einem immer wieder deutlich«, antwortete Onkel Theodor, »daß die Gegensätze zwischen Nord- und Süddeutschland, zwischen Preußen und Bayern, unüberbrückbar sind. Es liegt wohl hauptsächlich an der Kleinlichkeit, oder sagen wir nachsichtiger, an der Pedanterie gewisser Leute.«

Tante Eukarestie dampfte vor Anstrengung, diesen Schlußsatz zu ignorieren oder wenigstens keinesfalls für anzüglich zu erachten. Sie blieb so gelassen, daß wir alle mit angestrammten

Muskeln am Tisch saßen und nur atmeten, weil es unerläßlich notwendig war.

Nur Anni zeigte sich, wie gewöhnlich, vergnügt und listig angeregt, bereit, sich über Schaden zu freuen, der vielleicht entstehen könnte. Sie war nicht so sensibel wie ich. Mich bewegte diese Atmosphäre bevorstehender Ausbrüche aufs äußerste, vielleicht auch, weil ich Tante Eukarestie heimlich liebte, jedenfalls litt ich empfindlich unter diesen Spannungen, gewöhnlich so lange, bis Anni mir durch eine Frechheit oder einen Witz wieder das flachere Gelände der Spottlust eröffnete.

Tante Eukarestie erlag, sie vermochte nicht so durchschlagend zu ignorieren, wie sie hoffte.

»Gewisse Leute«, wiederholte sie, »mögen überall anderswo vorkommen; wer will denn genau wissen, wo Sie verkehren, Herr Meise, Herr Kohlenhändler ...«

»Vorsitzender«, unterbrach sie der Onkel, »ich bin Vorsitzender! Das ist der Titel.«

»Was heißt Vorsitzender? Ich habe mich zeit meines Lebens genau orientiert, ehe ich etwas ohne weiteres, nur dem Klang nach, anerkannte oder gar überschätzte. Es gibt Vorsitzende von Tierschutzvereinen oder Laubenkolonien, wobei ich zu bedenken und festzuhalten bitte, daß ich hiermit nichts gegen den Tierschutz vorgebracht habe. Ich halte selbst Tiere und nehme mich ihrer an, Sie können sich davon überzeugen, falls ich Sie wirklich einmal zu mir einladen sollte ... reizende Tiere. Es ist auch noch lange nicht erwiesen, daß grade die Vorsitzenden der Tierschutzvereine besonderen Sinn für das Leben der Kleinwelt aufweisen; sie pflegen sich auf Zugtiere zu beschränken, bestenfalls schließen sie Hunde in ihre Beachtung ein, Kettenhunde. Ich habe einen Vorsitzenden gekannt, der mit Regenwürmern angelte. Da sehen Sie es! Auf den Haken mit dem lebendigen Tier! Man sagt Mar-i-e, keinesfalls Marri; Marie kommt von Maria, da hören Sie ja selbst deutlich, wie das ›i‹ lang wird. Sie sollten sich an dieses ›a‹ des Stammwortes erinnern, das Sie völlig unter den Tisch fallen lassen, wo es nicht mehr gesehen wird. Es wäre vielleicht am besten, man ließe nun dieses Thema.«

Der Onkel schüttelte traurig überlegen den Kopf und lächelte mich aufmunternd an, als ob ich etwas bestätigen sollte. Ich wollte nicht bestätigen, sondern sah fort. Anni trat mich.

Tante Eukarestie begann jetzt Bayern zu verteidigen. Sie hatte schöne Erinnerungen an dieses Land, vor allem Berchtesgaden hob sie hervor, und sie rühmte dessen landschaftliche Schönheiten, besonders die Lage, mit großer Beglücktheit, so daß sie in einen triumphierenden Ton überzugehen vermochte, mit dem sie gegen den Onkel vorstieß. Alle erwarteten, daß er für immer verstummen müßte.

Dieser Sieg beruhigte sie, sie meinte versöhnlich: »Nein, nein, auf Bayern lasse ich nichts kommen, und es ist kein Grund, Süddeutschland abzulehnen, ob nun der Einheimische oder der Reisende mehr Gewicht auf den vorderen oder den hinteren Teil von Marie legt. Ich würde mich für die Mitte entscheiden.«

Onkel Theodor antwortete auch diesmal nicht. Er schaute verbissen und furchtbar angestrengt gradeaus und dann zu Anni und mir herüber, ohne den Kopf zu drehen.

Ich wunderte mich etwas über den Eifer Tante Eukaresties, denn der Onkel hatte doch im Grunde Bayern nicht angegriffen, sondern nur die Betonung der hinteren Silbe des Namens Marie. Er war eigensinnig und blieb dabei, denn ich sah ein paar Tage später im halbdunklen Korridor, wie er abermals ihre hinteren Silben angriff. Daran war Tante Eukarestie schuld, denn der Onkel war fromm.

## Drittes Kapitel

## Tante Eukarestie

Tante Eukarestie hatte einen niedrigen, aber langen Hund, der Prediger hieß, er wurde jedoch Predi genannt, weil sein Name einmal Anstoß bei einem Geistlichen erregt hatte, der gar nicht gemeint war.

Ich glaube, daß dieser Hund der Stammvater der heute sehr beliebten Scotch-Terrier gewesen ist, denn er hatte krumme Beine, was man aber nur sah, wenn man ihn aufhob. Er ähnelte einer Raupe mit kleinen, aufrechten, schwarzen Ohren.

Oft schrie meine Tante ihn an: »Leg dich!« Man konnte aber nicht unterscheiden, ob er lag oder stand, so daß er in den Ruf kam, niemals Gehorsam zu leisten. Da er mit den Vorderbeinen nur traben und mit den Hinterbeinen nur galoppieren konnte, geriet er bei rascher Fortbewegung häufig ins Schleudern, so daß er mit der Kehrseite dort ankam, wohin er gehofft hatte, mit der Nase zu gelangen. Er eignete sich deshalb nicht für die Treibjagd. Er wedelte kreisförmig, und seinen Namen verdankte er dem Umstand, daß er bei freundlicher oder drohender Ansprache des Menschen Reden hielt in sonderbaren, langgezogenen Lauten, die zwischen Knurren, Bellen und leisem Heulen die Mitte hielten. Dabei schlängelte er sich an seinem Platz am Boden, ohne von der Stelle zu kommen, und seine blanken schwarzen Augen füllten sich mit Schwermut. Sein Verhalten und seine Erscheinung bewegten die Menschen, so daß ich ihn oft beneidete, obgleich er alles andere als schön war. Jedoch er rührte mich, und ich quälte ihn deshalb nie.

Tante Eukarestie war Predi gegenüber vollständig machtlos, es machte ihn nervös, daß sie ihm gegenüber niemals etwas durchzusetzen vermochte. Er wartete geradezu darauf, daß sich einmal ihre Autorität erweisen möchte, und ging verbittert seiner Wege, wenn es mißlang. Deckte sich solch ein Weg zufällig mit dem Wunsch oder Befehl der Tante, so erwies sie sich als ergriffen über seinen Gehorsam.

Das war keine Erziehung! Ich versuchte es, jedoch zeigte sich

Predi bei meinen Bemühungen zu Befehlsgewalt beleidigt, obgleich ich höchstens zuweilen seinen Schwanz und ganz selten empfindlichere Körperteile in die Türspalte klemmte.

Als ich eines Nachmittags wieder besonnene Versuche zur Erziehung unternahm, schlug Anni die Tür fest ins Schloß, so daß Predis Schwanzspitze verlorenging. Sie hing aber wegen der langen schwarzen Haare noch mit ihm zusammen.

»Jetzt drisch«, sagte Anni, »erzieh ihn.«

Es kam nicht dazu, weil Predi in ein durchdringendes Geheul ausbrach, so daß man sah, daß er sich nicht verstellte. Er zerrte sich los und kreiselte.

Da er jetzt nur noch ganz verloren quiekte, störte nichts unsere Heiterkeit. Predi gefiel uns, wie er sich am Boden drehte, ähnlich wie ein geschleuderter Ring. Es war deutlich, daß er seine Schwanzspitze vermißte.

Anni holte sie, und wir berieten miteinander, ob Verwendung für sie da sei. Für alle Fälle nahm ich sie an mich.

»Was quiekt er noch?« sagte Anni und streichelte Prediger. »Er hat Glück gehabt. Der ganze Schwanz hätte mit der Wurzel ausgehen können.«

Die Sache kam nicht auf, weil Predi sich beruhigt hatte, als Tante Eukarestie heimkam. Er hatte die übrigen Härchen sorgfältig über die kleine Wunde geleckt, die nicht mehr blutete. Zwar beklagte er sich in langen Reden bei der Tante, aber sie glaubte, daß es Freude sei. Sie hätte uns bestimmt Grausamkeit zum Vorwurf gemacht, aber mit Unrecht. Wir verhielten uns kaum anders als unsere Lehrer und Erzieher, deren Beispiel uns anregte. –

Ich liebte die Wohnung der Tante sehr, es war ein kleines, zweistöckiges Häuschen, das in einem alten Garten lag und ganz von Efeu eingesponnen war. Die wunderbarsten und absonderlichsten Dinge aus Urzeiten her füllten die Räume und den Dachboden, Möbelwerk und die verschollenen Hausgeräte ganzer Generationen, denn Tante Eukarestie warf niemals etwas fort, sondern hob alles auf, sogar die Zeitungen und die Kerne der verspeisten Pfirsiche. So gab es langsam im Haus nur noch gewundene, schmale Gänge, die man kennen mußte, und im Dunkeln war man verloren.

Ihr Nähtischchen stand am Erkerfenster in einer erhöhten Nische; Decken, Teppiche und Vorhänge hatten sich den Farben der Möbel angepaßt und die Tapete ihrem Teint. Eine Höhleneinheit von Gerät und Seele, von Farbe, Geruch und Anschauung herrschte bei ihr, wie ich sie im Leben niemals wieder angetroffen habe. Sie wußte längst nicht mehr, was sie besaß, auch die hohen Güter ihrer reichen Seele hatte sie vergessen, aber sie wirkten nach dem Schlag der alten Wanduhr und dem Takt ihres Herzens ungeschickt und liebevoll weiter.

Da sie selbst einkaufte und kochte, um die Kosten für die Bedienung zu sparen, war sie stets außerordentlich beschäftigt und so mit Sorgen angefüllt, wie nur Leute es zustande bringen, die keine haben. Jetzt hatte der Bäckerjunge sich verspätet, und nun kochte das Wasser über; Prediger hatte in der Nacht Unruhe gezeigt, so daß man bestimmt Fieber annehmen mußte, und das Wetter schlug sicherlich um, so daß die Gummischuhe gereinigt werden sollten, am besten gleich, wer wollte sagen, was vielleicht dazwischenkam?

Ewig huschte sie umher, und die Verantwortung lastete. In den Morgenstunden von zehn bis zwölf Uhr staubte sie ab, eine Tätigkeit, die den Staub von einem Gegenstand auf den anderen übertrug, aber sie blieb gewissenhaft. Den alten Fotografien, auf denen man nichts mehr erkennen konnte, ließ sie besondere Sorgfalt angedeihen, und immer lagen in einer bunt bemalten Porzellanschale auf dem »Stummen Diener« ein paar verwelkte Äpfel, von denen sie vermutete, ich würde sie stehlen. Dies wäre ihr besonders schmerzlich gewesen, denn die Äpfel stellten ein Andenken dar.

Der »Stumme Diener« war ein Abstelltisch zwischen Wandschrank und Kachelofen, er mußte alles aufnehmen und tragen, für das es keinen rechten Platz im Wohnzimmer gab, und es gab dort nirgends Platz. So erwies sich dieses Gerät ständig als überlastet, und da es mit sehr zarten Beinen ausgestattet war, verbanden sich ernstliche Besorgnisse damit, ihm zu nahe zu kommen oder sich in seiner Nähe allzu hastig zu bewegen. Predi durfte solcher Gefahr wegen niemals unter dem »Stummen Diener« schlafen, er wollte sich aber nur dort aufhalten, so daß dauernd Spannungen entstanden.

Es gab viele Sorgen in Tante Eukarésties Haus. Seit Anton tot war, pflegte Tante Eukarestie außer Predi nur noch ihre Goldfische und einen Sperling, der als junges Tier in ihr Wohnzimmer geflattert war und den sie aufgezogen hatte. Er hieß Moltke. Er liebte sie sehr und verstand und ertrug ihre Eigenarten und Gewohnheiten besser als alle Menschen, sein Zutrauen wärmte ihr altes Herz, das unter den Menschen der neuen Zeit nicht mehr galt.

Eigentlich war sie die Tante unseres Vaters und unsere Großtante. Ich wußte nicht, daß es Liebe war, die mich zu ihr hinzog; im Gegenteil, ich vermutete, daß ich sie nicht besonders gut leiden konnte, weil sie immer stritt. Man kam niemals mit ihr zurecht, und ich wäre eher gestorben, als daß ich mich mit ihr auf der Straße hätte blicken lassen.

Obgleich sie uns ohne Aufhör erzog, tat sie uns niemals ein Leid, und die Atmosphäre ihrer vollkommenen Machtlosigkeit fühlten wir wohl. Sie hielt peinlich Gericht über uns und verhängte schreckliche Strafen, die sie aber niemals zur Ausführung brachte; sie drohte uns oft damit, alles unserem Vater zu berichten, was wir verbrochen hatten, sagte ihm aber nie ein Wort und stritt aufgeregt und leidenschaftlich mit ihm, wenn er uns strafte.

»Wer wird ein Kind schlagen!« klagte sie meinen Vater an. »Und du willst mein Neffe sein?!«

»Ich will nicht«, antwortete mein Vater, »aber wie soll ich es ändern?«

»Welch eine Pietätlosigkeit«, jammerte die Tante, »da sieht man alles auf einmal! Ändern wolltest du es! Kein Familiensinn, kein Glaube! Die armen Kinder!«

Weil ich lachen mußte, zeigte sich mein Vater nachsichtiger; ich hatte aber nur gelacht, weil es der Tante schwer wurde, in Augenblicken von Ergriffenheit ihr Gebiß grade im Munde festzuhalten. Jetzt saß es wieder, aber sie hatte gemerkt, was mich erheiterte, denn sie schaute immer schräg auf mich, wenn die Zähne rutschten.

»Prügeln sollte man dich!« rief sie zornig. »Viel zuwenig Prügel habt ihr bekommen! Ich rede auch von Anni, wenn sie auch im Augenblick abwesend ist. Wenn sie kommt, werde ich es ihr sagen. Das arme Kind …«

Ja, so war sie, und auf solche Art durchwanderten die Lebensdinge diesen alten und doch unerfahrenen Kopf. Sie kam mir oft wie ein kleiner Vogel vor; man spürte direkt, wie sie erschrocken zusammenfuhr, wie naiv und rein sie alles empfand. Aus allem, auch aus dem Bösen, das vor ihre Nase geriet, machte sie eine Alltagssache, so natürlich, wie sie das Geschirr abwusch oder ihre Haube zurechtrückte. Bei ihr hatte ich den Mut meiner Kindheit und war so stolz und lustig, daß ich oft lief, statt zu gehen, wenn ich sie besuchen durfte.

Ihr Schlafzimmer sollte ich eigentlich überhaupt nicht betreten, jedoch ergaben sich Ausnahmen, wie bei allem, was sie streng und endgültig verfügte. Dort stand ein Himmelbett mit vielen Spitzen und Rüschen, dessen Baldachin an die Märchen aus Tausendundeiner Nacht erinnerte, nur zeigte sich alles farbloser und ohne Geheimnisse.

Über ihrem Bett, unter dem graulichten Vorhang, wie in der Tiefe eines hellen Zeltes, hoben sich von der Wand eine Reihe von sonderbaren Beuteln oder Täschchen ab, die die Habseligkeiten bargen, derer sie in der Nacht bedurfte. Im ersten befand sich ein Spiel Patiencekarten und daneben, wohl verknüpft, ein Augenschwamm. Das nächste Säckchen barg das Taschentuch, und das letzte nahm für die Stunden des Schlummers das Gebiß und Spittas »Psalter und Harfe« auf.

Die kleinen Wandbeutel hatten ursprünglich aus Samt bestanden und stellten eigene Anfertigungen dar, waren aber vom Gebrauch so verschlissen, daß sie Lederfarben zwischen Rauch und Moder angenommen hatten. Jeden Abend, bevor die Tante schlafen ging, leuchtete sie mit der Kerze unter ihr Bett, weil sie dort einen »Kerl« vermutete, der auf Raub, verbunden mit Totschlag, ausging. Der Raum zwischen Bett und Boden war aber so schmal, daß nicht einmal Prediger sich dort zu verkriechen vermochte.

Auf das Nachttischchen wurde abends der Holzkäfig mit Moltke gestellt, denn die Tante fürchtete sich, allein zu schlafen, und das fragende Morgenpiepen des kleinen Vogels tröstete sie. Sie stellte sich dabei vor, wie notwendig ihm ihr Dasein für den kommenden Tag sein mußte. –

Tante Eukarestie hatte einen kleinen, behaarten, grünlichen Kaktus; er war aber schon seit Jahren tot, das sah man bald, wenn man sich auf Pflanzen verstand. Sie behauptete jedoch, daß er nur recht langsam wüchse, und liebte ihn sehr. Er bekam einmal in der Woche etwas Wasser und wurde nachmittags ins Schlafzimmer getragen, weil dann dort die Sonne schien. Mit diesem Gewächs habe ich der Tante einmal große Freude gemacht; ich glaube, es war die einzige, und mit ihr verbindet sich eine der tiefsten Beschämungen meiner Kindheit. Wie bald habe ich allen Kummer vergessen, den ich anderen bereitet habe, aber diese Freude nie.

Die Hartnäckigkeit, mit der die Tante auf die Lebensäußerungen dieses Kaktus hoffte, die selbstsichere Art, mit der sie meine Einwände weit von sich wies, reizten mich, und ich brachte eines Sommertags ein paar kleine rote Feldblümchen mit, wie sie, ähnlich wie das Männertreu, in Kornfeldern zu finden sind, zart von Blüte und hochrot, nicht größer als der Stern eines Vergißmeinnichts. Mit einem kleinen Nagel bohrte ich den Kaktus vorsichtig an, der hart und trocken wie morsches Holz war, und pflanzte auf kurzen Stielen zwei dieser kleinen Blumen in seine Stachelhaut. Es sah fabelhaft echt und lebensfroh aus.

Als ich am anderen Tage zu ihr kam – ich hatte meine Tat schon vergessen –, empfing sie mich mit geheimnisvollen Gebärden an der Tür, die sie offen ließ, was nie geschah, nahm mich bei der Hand und führte mich, auf den Fußspitzen gehend, ins Schlafzimmer. Auf dem Fensterbrett in der Sonne stand der blühende Kaktus.

»Kind, mein lieber, lieber Junge!« rief sie, und ihre Hand, die die meine fest umklammert hielt, zitterte, wie auch ihre Stimme, die mir lieb und zärtlich vorkam wie nie zuvor. »Da siehst du es nun, mein Bürschchen! Wie glücklich bin ich, daß ich es habe erleben dürfen, so glücklich ... wie eine Christrose ist er aufgeblüht, und leise, über Nacht ...«

Da wollte ich nun lachen und mit Jubel den Triumph über sie einstreichen, aber ich mußte sie anschauen, und ihr Bild verschwamm mir vor den Augen. Das ist eine ganz verfluchte Sache gewesen!

Zuweilen, wenn der nasse Nordwest über die Heide in die Stadt wehte und die Straßen und den Hafen mit Nebel einhüllte, saß Tante Eukarestie melancholisch in der Fensternische und stellte Betrachtungen an, von denen ich wenig verstand. Jedoch begriff ich den Zustand, in dem ihre Seele sich befand, wenn auch kaum anders als draußen den Nebel, aus dessen feuchten Schleiern die Blätter des Efeus zu uns ins Zimmer schauten, das dämmrig schimmerte und modrig roch. Die Schrank- und Stuhlgestalten des Raumes hockten still im Geheimnis ihrer Vergangenheit, deren Glanz erloschen war, die Bilder schwiegen im absinkenden Licht bedeutungsvoll, und man merkte, daß sie nicht klagen konnten.

»Ach«, sagte die Tante still vor sich hin, »ich werde wohl bald sterben, das tut mir so leid. Ich hätte so gern noch ein wenig über die Zukunft nachgedacht. Von der Vergangenheit rede ich jetzt nicht, die war ja herrlich!«

Da sie ihr Buch hatte sinken lassen und nicht mehr las, merkte

sie nicht, daß ihre Brille bis an die Spitze der Nase herabgerutscht war. Jetzt wird sie fallen, dachte ich, jetzt ... jetzt ...
Nein, sie hielt sich, weil die Nase vorn einen Knopf aufwies, eine kugelartige Verdickung, die sich gebildet hatte, bevor die eigentliche Spitze begann.

»Einmal ist es dann wirklich soweit«, flüsterte die Tante leise, »aber das merken wohl immer nur die, die es gerade angeht. Immer nur ein paar von den vielen und endlich doch alle.«

Ich hätte so gern diesen Knopf an Tante Eukaresties Nase einmal zwischen die Finger genommen und etwas gedrückt, um genau zu wissen, ob er hart oder vielleicht eher weich und biegsam war. Ich stellte ihn mir ähnlich wie einen Radiergummi vor, nur interessanter, wagte aber nicht, darum zu bitten. Da sie gerade von ihrem Tode sprach, beschloß ich, es zu tun, sobald sie gestorben war, falls sich dann noch eine Gelegenheit dazu bieten sollte. Ich fühlte aber doch, daß sie wehmütig gestimmt war, und rief deshalb Prediger, um ihn springen zu lassen, weil die Tante dadurch aufgeheitert wurde.

Ich veranlaßte Prediger gerne zum Springen und hob ihn zu diesem Zweck auf Tische und niedrige Schränke, weil er es sonst nicht tat. Man konnte dabei seine Pfoten sehen, und er hatte ein so zärtlich schwebendes Abschlenkern der Hinterbeine, ähnlich wie ein Engel. Er genoß dabei die Luft mit traurigem Mund. Niemals im Leben wieder habe ich ein Wesen so hingegeben springen sehen, auch solche nicht, die sich lange und mit Ehrgeiz geübt hatten, und ich begriff darüber in einer frühzeitigen Ahnung, wieviel höher der Sieger durch die Gnade steht als der Sieger im Rangstreit.

## Viertes Kapitel

## Veronika

Ein Bulemann ist die merkwürdige Bildung, die sich zuweilen in der menschlichen Nase findet. Ich glaube kaum, daß diese Bezeichnung, der Name »Bulemann«, Anspruch auf Allgemeingültigkeit hat, jedenfalls nannten wir Kinder diese Gebilde so, die in meiner Kindheit, wie wohl in mancher anderen auch, eine mehr oder weniger bedeutsame Rolle spielten.

Meine Stellung zu dieser natürlichen Erscheinung war einfältig und vollständig unbewußt, bevor meine Cousine Veronika, Onkel Theodors Tochter, in den Ferien zu uns auf Besuch kam. Es war in den Verwandtschaftskreisen unserer Familie üblich, daß die Kinder in den Schulferien von Haus zu Haus ausgetauscht wurden; diesmal ergab es sich so, daß wir nicht reisen konnten, weil Veronika eine Luftveränderung brauchte, denn ihre Eltern wollten sie nicht mit nach Sylt nehmen.

Sie war zehn oder elf Jahre alt, hübsch von Angesicht, blond und mager, ähnlich wie Anni, aber nicht so klug, denn sie sagte, ich sei nicht ritterlich. Weiß Gott, wo sie diese Vokabel aufgeschnappt hatte, wahrscheinlich wurden in ihrem Elternhause viele Bücher gelesen, jedenfalls versuchte ich vergeblich ihren Vorwurf zu begreifen, trug ihre Reisetasche aber trotzdem nicht, weil ein Schoßhund in bunten Perlen darauf gestickt war und auf der anderen Seite »Gott schütze dich« stand, für jedermann sichtbar. Man konnte diese Tasche niemals richtig drehen, um ihre Aufschriften zu verbergen.

Veronika nun, und dies war der erste Eindruck, den ich von ihrem Charakter empfing, verzehrte Bulemänner. Diesen Umstand hätte ich wahrscheinlich vergessen, übersehen oder nur ganz kurz beachtet, aber sie trocknete diese Gebilde auf Vorrat und klebte sie an die Tapete über ihrem Bett, um für Stunden und Tage des Mangels mit Vorräten versehen zu sein.

Das mißfiel mir. Soll schon ein Bulemann verzehrt werden, so muß er frisch und warm sein. Es zeugt von schlechtem Geschmack, solch ein Ding zu essen, das erkaltet, trocken und alt geworden ist. Auch in späteren Jahren habe ich mich niemals zu einer solchen Tat entschließen können.

»Wieso?« fragte Veronika. »Sie werden wieder weich, wenn man sie in den Mund nimmt. Versuch.« Sie bot mir ein Exemplar von mittlerer Größe und hellbrauner Farbe an, die dunklen hielt sie für besser und trennte sich ungern von ihnen.

Es quälte mich, das Angebot ablehnen zu müssen, und ich wand mich in Ausflüchten und Anerkennung, wobei ich möglichst viel Gutes über das Objekt vorbrachte; schließlich handelte es sich ja um etwas, das sie selbst hervorgebracht hatte, und ich besaß frühzeitig Sinn für die Empfindsamkeit des schöpferischen Menschen. Seltsam, am nächsten Tage, oder vielleicht nach einer Viertelstunde, hätte ich sie frech, kalt und mit Hohnlachen abgewiesen. In diesen Jahren ist unsere Haltung fast ausschließlich durch die äußeren Umstände bestimmt und sehr selten durch die Gesinnung oder durch den Charakter – eine Tatsache, die die meisten Pädagogen nicht genügend in Betracht ziehen und über die ich sie damals noch nicht aufzuklären vermochte. Ich erzählte diese Sache Anni.

»Nein«, sagte sie, »niemals. Das ist wie mit Spucke. Ist sie einmal heraus, dann weg mit ihr. So was ist nur schön, wenn man nicht daran denkt.«

Diese Aussage und Haltung Annis verband uns gleich anfänglich gegen Veronika, und mir war solche Gemeinschaft, die sich später zur entschlossenen Parteinahme auswuchs, recht, denn ich mochte meine Cousine Veronika nicht leiden. Es lag vielleicht zum guten Teil daran, daß sie unter Erwachsenen groß geworden war und keine Geschwister gehabt hatte. Das machte sie in ihrem Benehmen und Gehabe, in der Wahl ihrer Worte und ihrer Einstellung zu den Freuden des Lebens alt und weise. Aber ich merkte bald, daß das Überlegenheitsverhältnis, das sie zwischen uns aufgerichtet zu sehen wünschte, keine Hintergründe erlebter Erfahrungen besaß, und wurde unduldsam und ungezogen gegen sie, da ich nicht die Mittel besaß, ihre frühe und unechte Vernünftigkeit richtig zu bekämpfen.

Anni sagte nur: »So ein Getue«, aber ich beschloß, sie zu quälen. Ich staunte damals über Anni und bewunderte sie heimlich, freilich, ohne diese Anerkennung ihrer Kräfte zu äußern. Sie konnte eine Sache oder eine Person mühelos ablehnen, und eine solche Ablehnung bedeutete einfach für sie tot, begraben und vergessen. Sie machte sich niemals Gedanken, die nicht unmittelbar nützten, handelte rasch, einmalig und endgültig. Bei ihren Antworten war mir oft zumute, als kämen sie schon, bevor meine Frage richtig heraus war, und besonders, nachdem wir uns gezankt hatten und wieder versöhnt waren, strahlte ihr Verständnis und ihre Hingabe in einem unaussprechbaren Zauber von Liebe und Güte. Sie ist der Sonnenschein und die Heimat meiner Kindheit gewesen; kein Weihnachtsfest, kein Gartengrün, kein Sommerland und kein Gram dieser Zeit sind für mich zu schauen und zu denken ohne ihr liebes Gesicht. Aber sie war ein Aas.

Zu den Tugenden Veronikas, auf die wir schon durch Onkel Theodors Erzählungen aufmerksam gemacht worden waren, gehörte auch die Gabe, alle Taten von Anni und mir den Erwachsenen mit Treue und Wahrheitsliebe zu übermitteln. Sie ging in ihrer Gewissenhaftigkeit so weit, daß sie niemals auch nur die kleinste Einzelheit vergaß oder verschwieg und sogar Beweise sammelte, die sie sorgfältig aufhob. Diese Beweise benutzte sie zu erzieherischer Einwirkung, indem sie uns drohte, sie weiterzugeben, falls wir unser Verhalten ihr gegenüber nicht änderten oder uns nicht nach ihren Wünschen richteten. Das störte mich.

Anni sagte: »Das Luder petzt. Jetzt ist es ganz aus.«

Erpressungen habe ich niemals Geschmack abgewinnen können, gottlob hatte meine liebe Mutter Sinn für meine Abneigung. Sie nahm sich Veronika vor und suchte ihr klarzumachen, daß ihr Verhalten keinesfalls redlich, sondern durchaus häßlich sei.

»Tante, du verziehst deine Kinder«, entgegnete Veronika altklug, »auch Papa sagt es.«

Meine Mutter wandte sich ab, und ich sah, daß sie lächelte. Keine Lehre oder Ermahnung, kein Trostwort hat mehr Licht in meine Kindheit geworfen als dieses Lächeln meiner Mutter in jenem Augenblick, wo ich ihren Zorn erwartete. Ich begriff es erst viel später in seinem heimlichen Glanz, in der Einkehr zur Nachsicht, die es kundtat, und in der Uneigennützigkeit ihrer Kraft, freundlich zu erdulden. Es war soviel Freiheit darin, auch für mich, der ich es sah, und ich begriff in dunklem Vorgefühl den dritten Weg.

»Das ist vielleicht wahr«, sagte meine Mutter zu Veronika, »so mußt nun wohl du ihre Erziehung übernehmen, aber ich möchte, daß du es künftig ohne meine Hilfe tust. Was meine Kinder mir nicht selbst sagen, das will ich nicht durch andere wissen.« Veronika schien diesen Standpunkt bedenklich zu finden. Sie sah zu uns hinüber und begriff offenbar, daß wir plötzlich zwei gegen eine geworden waren und daß sie keinen Rückhalt mehr bei den Erwachsenen finden würde. Das änderte ihr Verhalten für eine Weile, aber meines ihr gegenüber nicht. Ich beschloß auf Annis Anregung hin, eine meiner Ringelnattern zu opfern. Anni schlug Veronikas Nachtgeschirr vor, und wir taten das Tier abends hinein, als der Topf noch leer war.

Für gewöhnlich werde ich rasch wach, wenn gellende Hilferufe die Nacht durchdringen, aber diesmal schlief ich fest, als ich sie hörte. Die Ringelnatter ist ein harmloses, ja nützliches Tier, sie ist weder giftig noch beißt sie, und man sollte überall der falschen Meinung ungebildeter Leute entgegentreten, die sich vor ihr fürchten, sie für schädlich halten oder gedankenlos vernichten.

Am andern Morgen hatte ich Angst, wie man denn überhaupt als Kind weit eher morgens früh beim Erwachen als abends Sorgen hat; aber Anni nahm diese Sache auf sich, so daß alles gut ging. Sie habe mir die Schlange zurückgeben wollen, die ausgebrochen sei, und keinen rechten Ort zur Aufbewahrung gewußt, wo das Tier bleiben sollte, bis ich zurückkäme. Da sei ihr ganz plötzlich das Nachtkästchen eingefallen, und später habe sie alles vergessen, weil wir Feuerwerk im Garten machen durften.

Mein Vater saß beim Morgenfrühstück und hatte die aufrechte Anni zwischen den Knien, die Hände auf ihren Schultern, als er sie verhörte. Trotz seines strengen Gesichts strich er ihr mit der Hand über das Haar.

»So, ach so …«, sagte er ins Leere, »ja, so mag es gewesen sein …« Man sah, er dachte an etwas anderes. Dann sagte er noch: »Sei brav, Flachsköpfchen …«, ließ sie los und ging eilig fort. Er mochte Veronika nicht leiden, die am Tisch saß und die ganze Zeit anklägerisch heulte, damit man sehen sollte, wie schrecklich es gewesen war; sie aß aber vier Semmeln.

Ich begriff das Verhalten meines Vaters, glücklich und erleichtert. In solchen Augenblicken liebte ich ihn sehr. Wer würde auch ein Mädelchen schlagen!? Das tat ich, wenn es nötig war, auch war es ja meine Ringelnatter gewesen. Das Tier zeigte sich etwas ermüdet, als ich es wieder in das Terrarium trug, und sah mißmutig aus.

Nach diesem Vorfall behandelte ich Anni anständig und ging ein festes Bündnis mit ihr ein, denn ich machte mich auf einen Krieg gegen Veronika gefaßt, der die ganzen Ferien hindurch dauern würde. Sie erwies sich mehr und mehr als falsch und rachsüchtig, sie vergaß niemals eine Unbill, die ihr angetan worden war, und zeigte sich um so gefährlicher, als sie auf Wege und Mittel kam und sie anwandte, die Anni und ich nicht einmal erwogen hätten. Anni war grausam und frech, aber mutig und ganz ohne Hinterlist, während Veronika tückisch und feige vorging. Sie stahl und brachte andere in Verdacht, sie sah bei den Menschen immer die Untugenden und Schwachheiten zuerst, machte sich darüber lustig oder zog Vorteil daraus und arbeitete in der Verteidigung mit Stecknadeln. Wir stritten fast immer und beherrschten uns bei Tisch nur mühsam.

Ich konnte nicht mit ansehen, wie sie aß; es brachte mich so auf, daß ich sie am liebsten verprügelt hätte. Sie biß alles mit den Vorderzähnen ab, zerknabberte es vorne und zerschmeckte mit leisen Lippengeräuschen, was ihr gefiel, so lange, bis man glaubte, es selbst im Munde zu haben, und ausspie. Ihre katzige Natur und ihre schlechten Eigenschaften waren mir bei weitem nicht so widerlich als ihr genußsüchtiges Gehabe bei den kleinsten Vorzügen, die ihr das Leben gönnte. Sie roch an ihrer Seife, so daß man es hörte, kratzte sich mit erkennbarem Vergnügen, und einmal sah ich, daß sie sich im Spiegel küßte. Wenn sie beim Spiel im Garten einmal hinter einen Busch mußte, so war ihr gleichgültig, ob wir zusahen.

Das hält niemand aus. Anni meinte: »Das Schwein muß weg! Lieber spiel' ich schon mit dir allein oder gar nicht.« –

Wir mußten Veronika mit zu Tante Eukarestie nehmen, die Eltern wünschten es, ich glaube, weil sie sie los sein wollten. Tante Eukarestie hatte zudem den Wunsch geäußert, das liebe Kind einmal um sich zu haben. Dort beschnüffelte Veronika alles neugierig und habsüchtig, stellte sich hold und fromm, ging der guten Tante zärtlich um den Bart und nannte Predi ein süßes Tier. Tante Eukarestie beobachtete alles durch die Brille und erwärmte sich.

»Da seht ihr es«, sagte sie zu uns; »welch feines Kind.«

»Warte doch«, sagte ich gereizt und ungeduldig zur Tante.

»Worauf soll ich warten? Ach, dein Charakter! Ein lieber Junge bist du mir, gewiß, ein lieber Junge, aber du machst Sorgen. Jetzt eßt, Kinder; Anni, sitz grade. Nimm dir ein Beispiel an Veronika. Diese Küchel habe ich selbst für euch gebacken, ihr dürft etwas Zukker daraufstreuen – oder wartet, lieber tue ich es. Predi bekommt nichts, er hat wieder genascht. Ob ich es noch erleben werde, daß er ehrlich wird? Nicht wahr, kleine Veronika, du naschst nicht?«

»Nein«, sagte Veronika, »niemals.«

Die Tante fühlte sich unterbrochen. »Wieso?« sagte sie. »Ich habe es ja gar nicht behauptet. Und ganz sicher ist man bei Kindern wohl nie.« Sie schaute mich an, so daß ich zur Seite sehen mußte, um ihr keine Fratze zu ziehen. »Man sollte auch nichts gegen Predi sagen«, fuhr die Tante fort, »weil er vielleicht hin und wieder etwas zwischen den Mahlzeiten zu sich nimmt. Soll er nur essen, solch kleines Tier. Ich habe die Beobachtung gemacht, daß er kürzer wird, merkwürdig ...«

»Wo?« fragte ich unvorsichtigerweise.

»Am Schwanz«, sagte Tante Eukarestie nachdenklich und rührte in ihrer blauen Tasse; »man muß gut füttern.«

»Vielleicht ist eines Tages der Schwanz ganz weg«, sagte ich; mir war jetzt alles gleichgültig, ich hatte nur den Wunsch, jeden und alles zu verletzen. Entsetzlich war eine Welt, in der Veronika triumphierte. Anni verstand, warnte mich aber durch einen raschen Blick.

»Nein, nein«, sagte Tante Eukarestie, »du gehst zu weit, wie Buben oft. Predi, komm einmal zu mir. Eine Warze hat er dort ... sonderbar. Du wirst sehen.«

Predi kam nicht.

»Ich werde ihn holen«, rief Veronika und sprang eilfertig und hilfsbereit von ihrem Stuhl, weil sie sich beliebt machen wollte. Das war mir recht, denn ich kannte Predis Einstellung zu fremden Kindern.

Tante Eukarestie war gekränkt, weil der Ungehorsam ihres Hundes vor fremder Leute Augen offenbar wurde. »Laß nur!« rief sie und erhob sich auch. »Du wirst sehen, wie er folgt. Predi, Predi, Predi!«

Sie ging ihm lockend und gebückt nach. Veronika war schon zur Hälfte unter dem Sofa. Leider störte die Enge überall sehr in diesem Raum, und niemand fand recht Platz für die Ausführung seines Vorhabens. Predi wurde mißtrauisch, weil alle sich in Bewegung gesetzt hatten.

»Gib mir meine Brille«, rief Tante Eukarestie Anni an. »Auf dem Nähtisch, vielleicht unter der Zeitung. Such, Kind! Komm heraus, Veronika, so bekommst du das Tierchen nicht, es sitzt wahrscheinlich ganz hinten an der Tapete. Es ist jetzt scheu geworden. Wenn alles ruhig ist, tut er, was ich will; ich versichere euch, daß es so ist. Predi gehorcht! Nur Ruhe! Mein Gott, wo ist das Kind? Nur noch die Füße sieht man! Zieh sie hervor, mein Junge, komm, hilf deiner Cousine.«

Ich ergriff Veronikas Fußgelenke, zog aber nicht, sondern stieß sie am Boden gegen Predi vor, der diesen plötzlichen Vorstoß im Dunkel unter dem Sofa für einen feindlichen Angriff halten mußte. Als Veronikas wildes Gezeter und Predis Kampfgeschrei begann, wurde es sehr laut im Zimmer, weil alle zugleich brüllten; ich zur Anfeuerung, Tante Eukarestie aus Angst um Predi und Anni vor Vergnügen.

Ewig war es die Sorge der Tante gewesen, es möchte etwas mit uns Kindern »passieren«, derweil wir uns in ihrer Obhut befanden. Jetzt war wirklich etwas passiert, und sie verlor alle Fassung. Veronika war in den Finger gebissen worden! Ich sah mir die Sache über die gebeugte Schulter der Tante an, als sie nach Wasser schrie. Kaum der Rede wert, mein Gott, ein kleiner Riß mit dem Zahn, was konnte schon Prediger groß anrichten, aber weh tat es natürlich. Ich schaute fort und pfiff, so daß Veronika es sah und hörte. Sie strampelte vor Wut mit den Beinen, und Tante Eukarestie glaubte, es sei vor Schmerz.

Die Tante konnte vor Angst kein Wort von allem verstehen, was zwischen uns vorgebracht wurde; erst als Veronikas Finger verbunden war, kam wieder etwas Gefaßtheit über sie, und sie entließ uns sorgenvoll mit vielen Reden. Veronika sollte den Finger auf dem Weg hoch halten.

Schon auf der Treppe sagte Veronika zu mir: »Glaubst du, es täte weh? Nicht die Spur! Aber jetzt kenne ich dich: Du bist der gemeinste Mensch, der mir im Leben begegnet ist.«

Darüber waren wir im Garten angelangt, und ich gab ihr eins in die Schnauze. Ich hatte genug.

Veronika taumelte ein paar Schritte zurück und ging dann mit Krallen und wildem Gekreisch gegen mich vor, aber Anni stellte ihr ein Bein, so daß sie auf den Rasen sauste und ich alles sah, was sie anhatte. Einem anlaufenden Menschen richtig ein Bein zu stellen, erfordert Übung und Geistesgegenwart, wenn er sich überschlagen soll. Anni verstand sich darauf, weil ich es ihr beigebracht hatte; sie konnte auch im Ringen Untergriff nehmen.

Veronika blieb liegen und bearbeitete schreiend den Boden mit den Fäusten, wobei sie ihren gebissenen Finger schonte. Anni wollte zuerst flüchten, sah aber dann doch lieber zu. –

Ich erinnerte mich nach dieser Tat der Worte meiner Mutter und ging zu ihr und erzählte ihr lieber alles selbst.

Sie sagte nur: »Ja, Veronika kommt fort.«

# Fünftes Kapitel

## Wirbetanz

Um diese Zeit muß es gewesen sein, daß ich vom Gymnasium zur Oberrealschule übersiedelte. Das Humanistische lag mir nicht, obgleich ich fast jede Klasse zwei Jahre lang besucht hatte. Mein Vater sah meine Zukunft in Finsternis. Er wollte vom Zuchthaus sprechen und sagte schon »Zuch…«, sprang aber dann doch lieber auf Gefängnis über, weil er viel auf seinen guten Namen hielt. Die Lehrer der neuen Schule weckten meine Neugierde und flößten mir großen Respekt ein, solange sie mich nicht genau kannten. Wir hatten damals Professor Wirbetanz als Klassenlehrer, er war ein leidenschaftlich überzeugter Vegetarier und so dürr, daß man erschrak. Er hagerte in einem grauen Wollsweater ohne Kragen in der Pause über den Schulhof, die dünnen, rechthaberisch gesetzten Beine wurden niemals ganz grade, obgleich er marschierte. Auch von gestärkter Wäsche hielt er nichts. Seine Pausensemmeln wiesen weder Butter noch Belag auf, und da er sehr langsam kaute, roch er stark nach Mehl und Hefe, wenn er sich niederbeugte, um über unsere Schulter hin in die Hefte zu schauen oder wenn er in unserer Nähe hustete. Er hustete fast immer, sah aber bei uns schon im kleinsten Räuspern ein Zeichen heimlicher Opposition, den Auftakt zu Widerstand und Revolte. Räusperten sich zufällig zwei Knaben zu gleicher Zeit, so war es ein Komplott.

Da ich mich gern räusperte, auch schon früher auf dem Gymnasium, hatte er ein besonderes Augenmerk auf mich, auch wegen der Wurstbutterbrote, die ich in der Pause in seiner Nähe aß, meistens vor seinen Blicken aufgedeckt, denn ich wollte sehen, was Marie mir mitgegeben hatte.

Er war ein großer Despot und deshalb, wie alle Tyrannen, ungemein mißtrauisch; den Stock trug er im Klassenzimmer fast immer in der Hand, oder er lag neben ihm auf dem Katheder, und er schlug wahllos, wild und unbeherrscht zu, wenn er gereizt und in Wut geraten war, möglichst nach allen Seiten, nach hinten und vorn zugleich, da er hinter sich Revolten vermutete, wenn er nach vorn vorging. Man mußte sich auch als Unbeteiligter vorsehen. Wir quälten ihn sehr, und manche haßten ihn bis zu Mordgedanken. Es verlief keine Stunde ohne eine fast unerträgliche Spannung, unter der er mehr gelitten haben mag als wir. Niemand lernte etwas bei ihm, weil im allgemeinen das Gebotene nur bei gelassener Darbietung und Einschätzung des Empfangenden zu Geltung und Ansehen kommen kann. Sein Zorn traf zu oft die Besten und Wohlgesinntesten unter den Schülern und verbitterte sie, nur weil sie in völlig nebensächlichen Dingen sein Mißtrauen wachgerufen hatten.

Der Primus verlor eines Tages seinen Posten und alle Ämter, weil er in der Naturkunde etwas über fleischfressende Pflanzen wissen wollte. Guschi Wrange, der sehr dick war und dessen Vater ein Delikatessengeschäft in der Holstenstraße betrieb, war für ihn ein Anlaß zu so aufgebrachter Gehässigkeit, daß er ihm heimlich Fehler in seine Arbeiten hineinkorrigierte und ihn beim Abhören der Aufgaben so vorsätzlich einschüchterte, daß selbst ein Gymnasialdirektor oder Oberschulrat den pythagoräischen Lehrsatz mit dem kleinen Einmaleins verwechselt hätte.

»Wie?« brüllte er den zu Tode erschrockenen und ungemein gutmütigen Jungen mit seinem bärtigen Maul an. »Wie? Du behauptest, die Summe der Winkel im Dreieck sei hundertundachtzig Grad? Das behauptest du?!« Er kam ihm ganz nahe.

Guschis Speck wurde bleich wie Kreide. »Neunzig«, stammelte er, »vielleicht auch neunzig ... oder doch fast.«

Wirbetanz notierte diesen dargetanen Verfall der Naturgesetze mit einer zugleich wilden und starren Genugtuung in sein Merkbuch, die schlechteste Note dröhnte geradezu aus dem Heftchen in die Totenstille der Klasse. Wirbetanz stocherte auf sein Katheder zurück, nachdem er befriedigt einen ausgeräusperten Kohlstrunk in die Klassenecke gespuckt hatte.

»Wrange hat es zuerst richtig gesagt«, meldete sich ein Schüler.

Die empörte Klasse, auf dies Signal hin alarmiert, heulte auf und trampelte wie toll mit den Füßen; jeder von uns sah dem Tod ins Auge, aber wir wollten, scheint es, sterben. Die Glocke des Pedells rettete uns das Leben, aber ich glaube auch Wirbetanz, er hing grünlich erbleicht zwischen Stuhl und Pult, die Hand um den Stock verkrampft und nach Atem ringend.

Ich müßte mich bescheiden und würde nicht widersprechen, wenn man mir Übertreibung vorwürfe. In Wahrheit liegt es so, daß ich in dieser Erzählung eher abgeschwächt und beschönigt als übertrieben habe. Die heutige Jugend hat keine Vorstellung von der Willkür und den Gewalttaten, denen wir Kinder mancherorts ausgesetzt waren, und viele Lehrer meiner Kinderzeit haben schwere Schuld auf sich geladen und manches junge Leben auf dem Gewissen. Sie verstanden vor allem eines nicht: daß es gilt, bei heranwachsenden Menschen das Selbstbewußtsein zu heben und nicht zu unterdrücken. Die Entfaltung aller guten Kräfte hat ihren Ursprung in einem freien und glücklichen Selbstbewußtsein; die Haltung des Erziehenden, die solche Freiheit beeinträchtigt, beruht in den meisten Fällen auf Mißgunst oder Angst vor den Rechten und der Macht der kommenden Generation. Es gibt keine Einstellung, die erbärmlicher, niedriger und armseliger wäre.

Die Mächtigen unserer Jugend verwechselten vor allem Unkenntnis mit Dummheit, immer wieder nannten sie beharrlich Dummheit, was zumeist nur Nichtwissen gewesen ist. Bei solcher Einstellung zu Sein und Haben müßte man einem Friseur das Recht geben, Bismarck einen Dummkopf zu nennen, wenn dieser Politiker sich nicht sofort aufs Lockenbrennen verstanden hätte.

Solch ein Vorwurf der Dummheit traf naturgemäß gerade die Empfindsamsten am verhängnisvollsten, da echte Empfänglichkeit und Aufnahmefähigkeit zumeist mit Empfindsamkeit verbunden sind. Niemand ermutigte die Bedrückten und Verstörten, und das Schlimmste war, daß die Eltern für gewöhnlich die Partei des Lehrers nahmen. Sicherlich nicht die meinigen, denn sie vermochten zu prüfen und standen bereits gefestigt in der Tradition einer Gelassenheit, die als Folge einer durch Generationen gewanderten Bildung Überblick und Urteil verleiht, wohl aber die Eltern des emporgekommenen kleinen Standes. Diese guten und ehrlich strebsamen Leute, deren Eltern noch Bauern, Handwerker oder Arbeiter gewesen waren, fühlten sich dem Gelehrtenstand gegenüber unsicher und überschätzten ihn in einem rührenden Autoritätsglauben; sie zweifelten meist rascher an den Gaben ihrer Kinder als an denen der Lehrer und straften unbarmherzig, weil sich die erhoffte Anwartschaft ihrer Kinder auf eine höhere Gesellschaftsschicht mit großen Opfern verband. Hier hat die Lehrkörperschaft der höheren Schulen meiner Knabenzeit viel Unheil angerichtet, indem sie Fortschritt und Aufstieg mancher guten Kraft der neuen Generation unterdrückte. Die Lichtfelder der jungen Hoffnung wurden verwüstet und das Morgenrot der Gläubigkeit verfinstert. Die heutige Generation hat es besser. Es mag wohl sein, daß mittelmäßig veranlagte oder durch die Natur beeinträchtigte junge Menschen gefährdeter dahinleben, jedoch die echten und starken Charaktere werden in ihrem Selbstbewußtsein nicht mehr beeinträchtigt, sondern gefördert. Hierauf kommt es an, solange ein Volk noch stark und gesund ist. Die Selbständigkeit und der unbeeinträchtigte Lebensglaube der Besten ist die Gewähr für eine Gemeinschaft, die wieder zu Kultur führen kann; die Übereinstimmung der Mittelmäßigen dagegen führt bestenfalls zur Zivilisation, jedoch meistens zum Niedergang.

Ich selbst verdankte dem Lehrer Wirbetanz, dem argen Despoten, eine Erfahrung meiner Jugend, die mir den Rest meiner Schuljahre im Gemüt erleichterte; vielleicht hat das Erlebnis mit ihm, das ich nun erzählen werde, mich vor den schlimmen Folgen seiner Tyrannei bewahrt und mir die Kraft verliehen, das Unvermeidliche mit dem Anstand des Nachsichtigen zu ertragen.

Es kam so, daß Wirbetanz mich nach einem geringfügigen Vergehen verurteilte, ihm eine Strafarbeit in meiner freien Zeit, am Nachmitag, in seine Wohnung zu bringen. Solche Verfügung konnte für manche Knaben verhängnisvoll werden, weil sie zu Hause eingestehen mußten, weshalb sie sich zur befohlenen Stunde der Familiengemeinschaft entziehen sollten; mir war es gleichgültig, weil sich niemand darum kümmerte, was ich nachmittags um fünf Uhr anstellte, wenn Samstag war. Meine Mutter fragte mich selten, weil sie mich nicht zu Unwahrheiten verleiten wollte, und mein Vater hatte keine Zeit, meinem Treiben und meinen Wegen nachzugehen. War ich zu den Mahlzeiten bei Tische, so schloß er daraus, daß die Zwischenzeit ordnungsgemäß verbracht worden war, und wenn er mich wirklich einmal fragte, achtete er kaum auf die Antwort. Ich wußte bei ihm niemals, ob er über einen Streich, den ich begangen hatte, lachen würde oder ob ich mit Prügeln zu rechnen hätte. Gefiel es ihm, durch meine Gegenwart guter Laune zu sein, so war er voller Nachsicht, gütig und witzig, störte ich ihn jedoch in seinen Gewohnheiten und Beschäftigungen oder schmälerte ich nach seiner Meinung sein Ansehen oder seine Autorität, so strafte er mich unbarmherzig.

Benno Stern hatte mir die zudiktierte Strafarbeit für Wirbetanz für zwei seltene Briefmarken aus dem Herzogtum Holstein gemacht, die ich aus Tante Eukaresties alten Briefbeständen entnommen hatte, so daß ich leichten Sinns zur Burg des Tyrannen aufbrach. Ich fürchtete nur, daß der Gestrenge herausbringen könnte, daß nicht meine Handschrift vorlag, und dachte auf dem Weg zu ihm darüber nach, auf welche Art ich mich am besten herauszöge, falls er Verdacht schöpfte.

Mein Klassengenosse Benno Stern konnte alle Handschriften nachahmen; er tat es aus Liebhaberei und war stolz auf seine Erfolge. Er plagte sich nie und lernte wie im Spiel; was ihm einmal gesagt wurde, behielt er, mir war manchmal, als habe er alles schon längst vorher gewußt.

Überrascht stellte ich auf meinem Wege fest, daß die Straße, in der Wirbetanz' Villa liegen sollte, sich nicht in dem vornehmen Viertel der wald- und gartenreichen Strandpromenade befand, sondern in einer Gegend, die ich nicht einmal dem Namen nach kannte und deren Straßen mir, fremd und unfreundlich, eine weite Fußreise aufgaben und langes Suchen. Ich geriet vor öden Mietshäusern in einen Kampf mit Straßenjungen, dessen Ausgang ich mich durch die Flucht entzog – nicht, weil ich feige war, sondern weil ich zeigen wollte, daß ich schneller als sie laufen konnte –, und langte endlich erschöpft und völlig ohne Glauben vor einem kasernenartigen Backsteinbau an, dessen Haustor wirklich die genannte Nummer aufwies. Ich erstieg die vier Stockwerke ohne Hoffnung und fast verstört, in jeder Etage rechts, links und in der Mitte die Türschilder prüfend, und war beinahe beruhigt, jedenfalls erleichtert, nirgends Wirbetanz' Namen entdeckt zu haben.

Die Angaben, die mir gemacht worden waren, mußten auf einem Irrtum beruhen. Ich sah nach der Uhr, die festgesetzte Stunde zeigte sich als überschritten. Ein altes Weib latschte vor mir mit einem Milchtopf treppab, ich fragte sie nach Professor Wirbetanz, mehr aus einer Art Verlegenheit, hier angetroffen worden zu sein, als in der Hoffnung, eine Auskunft zu erhalten.

Ich erschrak sehr, als sich mir ein bärtiges Gesicht zuwandte, aus dem eine Pfeife hing: sie war ein Mann. Professor Wirbetanz, der Rübenschlinger, wohne nicht im Vorderhaus, sondern im Hofgebäude, im vierten Stock links.

»Unmöglich«, stammelte ich, »ich meine den Professor des Realgymnasiums, Herrn Doktor Wirbetanz ...«
Der Alte reinigte sich die Nase mit der Pfeife, deren Stiel verschwand. Er sog das Resultat seiner Bohrung gelassen mit dem Rauch in den zahnlosen Mund und grinste zustimmend: »Geh nur, mein Bürschchen, und such ihn dir, er wird dich nicht fressen, du bist aus Fleisch und Blut.«
Er verschwand nach links in einer der Etagentüren, die er hinter sich zuschlug. Ich beschloß nach kurzem peinvollem Überlegen heimzugehen und getrost für diesen Ungehorsam eine härtere Strafe auf mich zu nehmen, bevor ich dem großmächtigen Tyrannen den Schimpf eines Besuches in solcher Behausung antat. Aber hatte er nicht selbst mich zu sich entboten? Ich mußte gehen und wollte plötzlich auch, von einer quälenden Leidenschaft der Lebensneugier befallen, die damals schon fähig war, alle Regungen des Taktgefühls in mir zu unterdrücken, als läge meine Aufgabe nicht in einem zarten Daneben, sondern in einem Draufzu und Hindurch.

Als ich die Etagentür im Hinterhaus erreicht hatte, an der ein Messingschild angebracht war, das tatsächlich Wirbetanz' Namen aufwies, klingelte ich entschlossen, aber ich fühlte mein Herz heftig klopfen. Ein altes, vergrämtes Weib öffnete mir, und gleichzeitig mit ihrer Erscheinung schlug ein klägliches Kleinkindergeschrei an mein Ohr. Ich wurde eingelassen und sah im halbdunklen Korridor, daß zur Rechten und Linken der Alten zwei größere Kinder an ihrer Schürze hingen, die mich lebhaft, blaß und neugierig anstarrten. Das Babygezeter dauerte an, so daß ich die leise Stimme kaum verstand, die sagte: »Mein Mann ist in seinem Arbeitszimmer, tritt ein.«

Sie öffnete eine Tür. – Mein Mann ...?

Wirbetanz saß in einem engen Raum hart an der Tür am Schreibtisch und korrigierte Schulhefte mit roter Tinte. Neben ihm stand eine Wiege, aus der die schmerzlich kläglichen Laute drangen, die mich bei meinem Eintritt empfangen hatten. Er schaukelte das dürftige Gerät aus billigem Flechtwerk sanft und sorgsam und wies mit spitzem Finger, meine Begrüßung ignorierend, auf einen Stuhl. Ich durfte mich setzen und tat es. Wirbetanz' grauer Wollsweater stand offen, und der erschreckend dürre gelbliche Hals, auf dem der bärtige Kopf hockte, rief ein so tiefes Mitleid in mir hervor, daß alle Spottlust, aller Haß und die alte, tief verwurzelte Furcht verschwanden, als hätten sie mich niemals gequält. Diesen unfrisierten und ungeschorenen, über die Maßen armseligen Kopf, dessen spärliche Haare lang in den Nacken niederwuchsen und dünne Strähnen bildeten, hatte ich niemals zuvor gesehen.

Es roch im dumpfen, ungelüfteten Zimmer nach Windeln und Kohl. Ich sah mich um, während Wirbetanz in meine Strafarbeit schaute, und sonderbar: Er tat es so streng, befehlshaberisch und selbstherrlich wie im Klassenzimmer – ich sah ein Bett mit dunklen Wolldecken, auf dem ein Topf und eine Milchflasche standen, erblickte ein Nachttischchen mit einer Petroleumlampe darauf, ein Bücherregal und am Boden verstreut Kinderspielzeug aus zusammengeklebten Holzbrettchen, grell und bunt bemalt, zumeist zerbrochen. Ich hörte die Küche klirren und den Hof hallen. Auf dem Arbeitstisch stand eine Untertasse mit Haselnußkernen. Es wallte heiß und sonderbar weh in mir auf. Ich wollte sagen: Herr Professor, die Strafarbeit ist nicht von mir, Benno Stern hat sie gemacht, ich möchte nicht …

Wirbetanz sah auf, bevor mein gequältes Gemüt sich wenigstens durch dies Geständnis erleichtern konnte. Seine Augen, trüb, traurig und böse, prüften mich mißtrauisch und starr.

»Diese Arbeit nun«, sagte er, »beweist das gute Vermögen des Schülers. Was die höhere Energie, den guten Entschluß und die Willensfreiheit hindert, ist in erster Linie die Fleischkost. Sie macht träge, wollüstig und drückt die guten Instinkte zu Boden. Dies merke dir. Pflanzenkost erleichtert den Wandel der Sinne, befreit zu aufgehellter Anschauung und geistiger Einstellung des Schülers. Leicht fühlt sich der Mensch, schwebend und ohne üblen Drang.«

Er erhob sich ein wenig von seinem Stuhl, als er dies sagte, ließ die Wiege los, und seine Arme, dünn und eng vom grauen Wollstoff eingeschlossen, strebten aufwärts wie Flügel.

Er gab mir dann die Arbeit zurück und sagte: »So geh nun und bessere dich auf jeglichem Gebiet.«

Ich erhob mich rasch und verbeugte mich tief. Was gab es denn zu heulen? Danach war mir zumute, als ich die Treppe niedersprang, als würde ich verfolgt. Auf der Straße beschloß ich, Wirbetanz nicht mehr zu quälen. Und die Lehrer, du lieber Gott, die Lehrer … Mir erschien es plötzlich so, als habe Wirbetanz mehr an sich und uns gelitten, als wir an ihm. Er starb auch bald. Wir »hatten« ihn, glaube ich, damals in der Tertia. Er war schon tot in dem Jahr, in dem ich Primaner geworden wäre. Wenn er darauf gewartet hätte, so lebte er heute noch.

# Sechstes Kapitel

## Pile Trak

Der Sommer war da, die Schule wurde geschlossen, die Ferien begannen. Die leeren Korridore des öden Steingebäudes zwangen mich, sie in ihrer neuen Atmosphäre zu betrachten, die Sonne auf den Steinfliesen, die Kleiderhaken an den Wänden, eine vergessene grüne Schülermütze mit Silberrand, das war alles, und darüber hin und durch sie hindurch der Hohn und Haß meiner jungen Seele gegen diese Welt, und der Lufthauch der Sommerfreiheit. Nun konnte ich gehen und brauchte nicht mehr zu kommen, endlos lag die Freiheit vor mir; sechs Wochen sind wie tausend Jahre, wenn man selber noch nicht vierzehn Jahre alt ist. Ich hielt mich noch lange in dem vereinsamten Schulgebäude auf und genoß seine gebrochene Kraft. Dann zog ich mutig in das zweite Stockwerk, wo sonst die Prima und Sekunda hausten, und schaute in das verlassene Lehrerzimmer, dessen Tür weit geöffnet war. Die Stühle standen, wie sie wollten, ein Päckchen blauer Schulhefte lag auf der Fensterbank, wahrscheinlich noch unkorrigiert, und der Primus mußte sie noch ins Haus des Lehrers bringen.

Jetzt durfte man weggehen ohne wiederkommen zu müssen, so blieb man getrost ein wenig. Der Pedell rief mich an, fragte, ohne eine Antwort abzuwarten, und schickte mich fort, scheinbar verwundert über meine Anhänglichkeit an diese Schule.

Auf der Straße sah ich mich um. Wie machtlos das rote Ungeheuer der Realschule jetzt im Grünen lag. Die mit schwarzen Emailsteinen gerahmten Fenster verursachten mir eine gelinde Übelkeit, aber ich hielt stand und ließ sie gähnen und die letzte schlechte Luft von Zwang und Kinderleid in die Sommersonne atmen. Ich war wirklich der letzte.

Die Straße, die sonst dicht vor acht Uhr morgens, wenn ich sie durchlaufen hatte, widerlich gewesen war und nach ein Uhr leer und matt wie mein Kopf, zeigte sich mir jetzt voller Leben und Reize. Ich kaufte eine Tüte Drops von den verschiedenfarbigen und sah die dicken roten Finger des Kommis am inneren Glasrand des Gefäßes wüten. Dann ergriff er, leicht in Schweiß geraten, ein Schinkenmesser und stieß los, was am Glasrand klebte. Er wog genau und langsam, den letzen Drops, der auf der Waage zuviel lag, entzog er der Tüte und schob ihn in den Mund. Dabei sah er herrisch drein und verbarg seinen Genuß; offenbar wollte er mir zu verstehen geben, daß ihm stündlich zu Gebote stand und daß er kaum beachtete, was ich selten zu erlangen vermochte.

Ich sah ihm noch eine Weile zu. Jetzt verkaufte er Rollmöpse aus einer flachen Blechdose, schwenkte diese Ware freigebig, als prüfte er ihr Gewicht wohlwollend in der Luft, und schleuderte sie mit Andacht auf das sanft triefende Pergamentpapier. Er reichte den Kunden die erstandenen Nahrungsmittel mit Huld. Ob ich noch etwas wünschte, fragte er. Jetzt war er mißtrauisch …

»Dann glotz nicht!«

Im Weitertrollen erwog ich, ob dies ein Beruf für mich sei. Ich mußte oft an meinen zukünftigen Beruf denken, weil mein Vater immer wieder davon anfing.

Zu Hause angelangt, räumte ich einmal wieder alle Möbel in meinem Zimmer um und stellte sie neu. Vom Reißzeug bis zur ältesten Kladde verbarg ich alles mit Sorgfalt, was mich an die Schule erinnern konnte, gab dem Buchfink seine Körner und dem Rotkehlchen Mehlwürmer, ein freier, wohlwollender Herr, stellte fest, daß die Meerschweinchen stanken, und suchte dann Anni auf. Sie wußte, daß ich Ferien hatte, aber sie sollte es auch sehen.

Wir konnten oder durften in diesen Ferien einmal wieder nicht aufs Land reisen; vielleicht wollten die dörflichen Onkel und Tanten uns nicht, weil wir schon einmal dort gewesen waren, vielleicht fehlte es an Geld, jedenfalls wünschten die Eltern auf ihrer Sommerreise an den Rhein allein zu sein. Mein Vater liebte uns nur sonntags. So blieben nur die Köchin Marie, Anni und ich zu Hause.

Wir hörten alle Ermahnungen der Eltern taub und geduldig an; es war keine Wendung darunter, die wir nicht kannten, und keine Sorge, die wir nicht teilten. Noch heute verbinde ich mit dem Wort »artig« nicht den geringsten Begriff. Nur Kinder, denen selten befohlen wird und die in der Stille und aus Liebe auf die Wünsche ihrer Eltern achten lernen, sind wirklich gehorsam. Meine gute Mutter dachte bei ihren unruhigen Anweisungen und Verordnungen weit mehr an unseren Vater als an uns oder gar an sich; wir mußten brav sein, damit er nicht verstimmt wurde. Diese stete Leidenskurve ihrer Sorge hatte ich bald erkannt, und wenn ich sie damals auch nicht überdachte, richtete ich mich doch danach.

Sobald sich die Gedanken meines Vaters auf das ferne Reiseziel am Rhein einstellten, wanderten auch die ihren von uns fort und dorthin. Ich hörte, wie sie nach allen Ermahnungen endlich auf der Treppe zu Marie sagte: »Lassen Sie die Kinder nur ... wenn ihnen nichts passiert, ist es gut.«

Behalten hatte ich im übrigen, daß wir täglich zu Tante Eukarestie gehen sollten, in deren Garten wir spielen durften, und daß wir pünktlich um halb neun am Abend in den Betten liegen mußten.

»Der Garten ... ja«, sagte Anni, »vielleicht sind noch Kirschen da, Stachelbeeren bestimmt, jedenfalls Birnen und Äpfel.«

»Die sind noch nicht reif.«

»Was heißt reif?« sagte Anni.

Sie hatte die Seele eines kleinen Teufels, das Aussehen eines Engels und den Magen einer Gans.

Nachmittags ging ich zum Hafen hinunter, um mit Pile Trak zu fischen. Die Hafengegend kann ich nicht mehr genau beschreiben, obgleich ich sie wie in einem Traumbild mit großer Deutlichkeit sehe. Das Auge eines Kindes sucht selten zusammenhängenden Überblick zu gewinnen und ermißt keine Verhältnisse, sondern es schaut Gegenstände, zu denen es Beziehung hat, und empfindet die Atmosphäre. Aus ihr entspringt meine letzte Vorstellung von dieser Gegend, meine Erinnerung an die schmale, dunkle Gasse, die zum Hafen niederführte, an die spitzgiebeligen Wohnhäuser und Lagerschuppen und an den Mastenwald der Segelschiffe, der, wie ein dünnes braunes Himmelsgitterwerk, die Gasse geheimnisvoll abschloß. Am Kai roch es nach Teer, Fischen und Seetang, es knallte, polterte und dröhnte jenseits des Schienenstrangs, auf dem rotbraune, schmutzige Güterwagen standen, und das Geschrei und die Rufe der arbeitenden Menschen drangen dumpf und immer ein wenig bedrohlich durch Rauch, Nebel oder Kohlenstaub. Wurde ein Güterwagen von Arbeitern oder einem Pferd langsam die Schienen entlang geschoben oder gezogen, so ging ein Mann mit einer roten Fahne und einer Handglocke voran.

Ich kannte von Pile Trak die Schiffe bei Namen, die Flaggen ihrer Nationen, die Heimat- und Bestimmungsorte ihrer Fahrten. Finnland, Dänemark und Schweden schickten die meisten Segelschiffe, die englischen Kohlendampfer machten weiter aufwärts beim Güterbahnhof fest. Wo der Wind klarer über die saubere gepflasterte Kaistraße fuhr, lagen die bunten Passagierdampfer nach Korsör, immer ein dänischer und ein deutscher. Aber dort war man beengt und bedrängt, konnte sich weder verbergen noch, ohne Anstände zu bekommen, umherbummeln, dort waltete das Geheimnis nicht mehr im Halbdunkel und Meerdunst, in fremdartigen Geräuschen und sonderbaren Menschen.

Überhaupt, sobald die Menschen »fein« wurden, interessierte die Welt mich nicht mehr besonders – so ist es heute noch. Fein ist auch heute dieser Teil des Hafens geworden, eine prachtvolle Automobilstraße, eine prächtig geschwungene, saubere Fahrbahn zieht ihre helle Asphaltkurve am granitenen und zementierten Kai dahin, die Mauern der Dampfer versperren die Sicht zum Wasser, und die Segelschiffe sind verschollen. Die Menschen erscheinen klein und unbedeutend, haben ihre Gesichter und Gestalten eingebüßt und huschen, wie ohne rechte Erlaubnis, im Überschwang der Dinge umher. –

Gottlob, Pile Trak war da. Er hockte wie gewöhnlich hinter einem großen Lagerschuppen auf dem massiven Eisenrund, das wie ein ungeheurer Nagelkopf aus den Steinblöcken des Kais ragte und dem Tauwerk der Segelschiffe als Halt diente. Sein Teerhut, der das eisgraue Haar verdeckte, glänzte schwarz in der schläfrigen Hafensonne, die gelbe kurze Angelrute zeigte still und schräg empor, und sein grauer Bart umstand, ein struppiges Haarbeet, die kurze Pfeife, diesen Schornstein seines großen Mundes, der das ganze untere Gesicht wie ein Moorgraben durchquerte. Zähne hatte er nicht mehr, wozu auch, er lebte glücklich.

Seinen Angelplatz wählte er wohlbewußt neben der öffentlichen Hafenlatrine, die aus einem Balken bestand, der parallel mit dem Uferbord über dem Wasser angebracht war, und dessen verschwiegene Bestimmung gegen das Land zu von einer Bretterwand geheimgehalten wurde. Man konnte von rechts und links an diesen Balkenort gelangen, der von Hafenarbeitern, Schiffern und Matrosen benutzt wurde.

Kam ein Kunde dieser einfachen Verrichtungsanstalt menschlicher Bedürfnisse, so schauten Pile Trak und ich aufmerksam zu, in welchem Zustand sich das Resultat der Beschäftigung befand, denn Pile Trak brauchte zum Aalfischen gerade das, was jener Besucher nicht mehr wollte.

Oft reichte die Gabe eines gesunden und kräftigen Matrosen für den ganzen Nachmittag aus. Pile knetete mit alten dicken Fingern und viel Geschick, Anstand und Genuß kleine Kügelchen von der Größe etwa eines Haselnußkerns aus unserer Beute, formte die weiche Pille mit Sorgfalt um den Angelhaken und ließ das Ganze an der Schnur mit Zuversicht und bedächtig in die Tiefe gleiten.

»Was mag der Kerl gefressen haben«, sagte er grimmig, wenn nicht gleich ein Aal anbiß, und schaute sich um, als wollte er den Lieferanten noch nachträglich zur Rechenschaft ziehen.

Sein Erfolg war erstaunlich. Er fing zuweilen Aale von der Länge eines Spazierstocks und dicker als mein Armgelenk. Ich teilte seine Freude mit Begeisterung, und er betrachtete mich als seinen Jünger. Niemals biß ein anderer Fisch als ein Aal an; Pile fischte schon seit Jahrzehnten an diesem Ort und duldete keinen Mitbewerb, sein Privileg war heilig, und niemand bestritt es ihm; sein Fang war begehrt, und er hatte feste und gut zahlende Räuchereien hinter der Werft. Wir trugen nach guten Tagen die Fische oft zusammen dorthin, ein schweres, glänzendes Schlangenknäuel in einem Sack; Pile gab mir finnische Zigaretten und Schiffszwieback. Jetzt verstand ich etwas vom Fischen, war stolz und fühlte meine Erfahrung wachsen. Pile Trak war mein Mann: nicht nur diese Stärkung meines Selbstbewußtseins dankte ich ihm, sondern manche andere auch. Ich hatte zu tun, wenn ich bei ihm war, denn er wollte nicht, daß die Aale anders als durch seine Angelköder gefüttert wurden, wenn er fischte. Kamen derweil Lieferanten, so mußte man achthaben, daß den Aalen nicht Nahrung zugeführt wurde, in der sich kein Angelhaken befand, und ich bediente das Fangnetz mit Treue.

»Aus dir wird etwas«, sagte Pile Trak; »wirf es hinter den Schuppen.«

Ging der Fischfang schlecht, so erzählte mir der Alte aus seinem Leben, das er zum größten Teil auf den Ebenen der Weltmeere zugebracht hatte. Im Hafenwinkel lag die »Gefion«, jetzt ein Kadettenschulschiff, einst ein stolzer Weltumsegler, auf dem Pile Trak seine erste große Reise zur See gemacht hatte.

Die »Gefion« ist inzwischen längst als Torpedozielscheibe von der Marine zerschossen worden, aber die furchtbare Zerstörungskraft der kupfernen Wassergeschosse hat nichts von dem zu vernichten vermocht, was mein Traum und Jugendwunsch um ihre alte hohe Schiffsgestalt gesponnen haben.

Um ihren steilen, stolzen Viermastenwald schossen die Traumvögel meiner Sehnsucht nach Freiheit, Weite und heldischem Dasein in Gefahr und Kampf. Störtebekers seewindverbrannter Räuberkopf tauchte über ihrem Bugspriet auf und das uralte Heimweh nach der Fremde. Ihr danke ich meine Indienfahrt und das Erlebnis der farbigen Tropengewitter in den Urwäldern Brasiliens, den Anblick des ewigen Sphinxhauptes in der gelben Sandebene Afrikas und die Flammenaltäre der Sonnenaufgänge über der Wüste von Nubien.

Aber keine Wirklichkeit kommt dem Vogelschrei der Sehnsucht gleich, an Tiefe, Licht und Glauben, den das Kinderherz über den Masten des alten Seglers im Hafen ausstieß, unhörbar für alle Ohren und Sinne der Menschen in meiner Umgebung, einsam und herrlich, gesegnet von allen Helden des Erdreichs.

Das machten zum guten Teil Pile Traks Erzählungen. Er berichtete nur Tatsachen, trocken, trotzig und nicht auf Wirkung bedacht, immer ein wenig böse im Tonfall, und der Phantasie allen Raum für ihr Spiel offen lassend. Er hatte für Schönheit wenig Sinn, seine Gedanken gingen um Nutz und Frommen des täglichen Daseins, um Fische, gutes Brot und starken Schnaps, aber seine Worte spiegelten die Dinge wundervoll.

Man könnte seine Erzählungen nur in der Landvolksprache meiner Heimat, im Plattdeutschen, redlich und rechtartig wiedergeben; es ist mir versagt, dies zu tun, und den meisten Lesern, es zu verstehen, auch würde ich das Beste entstellen, wenn ich das dem Wortlaut nach halb Vergessene aus dem Gedächtnis zu übersetzen versuchte. –

Einmal kam ein Asienfahrer heim – kein großer Dampfer, jedoch sah man, daß er lange unterwegs gewesen war, und nicht zu seinem Vergnügen. Salz und Sonne hatten sein Eisen fleckig bloßgelegt, farblos und träge schlich er an, und man sah nur wenig Menschen an Bord.

Als er endlich am Kai festgemacht hatte und die Brücken und Stege ihn mit dem Land verbanden, kam mit manchen anderen aus den Eisenwänden des Vorderdecks ein alter, schmutziger Mann herab, gekleidet wie ein Türke, hinkend, mit einem Bündel, und braun vom Sonnenbrand südlicher Fernen. Er schwankte auf dem schmalen, geländerlosen Steg, als sei er betrunken, und ich dachte, er würde fallen.

Bevor er den Boden betrat, sagte er laut, indem er die Arme emporwarf:»O mein Deutschland!«

Ich war sehr überrascht, denn ich stellte mir Leute, die so hochfahrend und ergriffen sprachen, in bunten Kleidern vor, sauber, jung und womöglich mit einem Degen an der Seite. Aber dann sah ich sein vergangenes Gesicht und die entfernten, weitgerichteten Augen mit dem hellen armen Feuer darin, und wie er auf dem Boden stand, ähnlich, als ob er sich auf alle viere niederlassen wollte, und mußte lachen. Jedoch hinter dem Lachen wurde ich so sonderbar, so heilig ärgerlich auf mich.

Pile Trak sagte auf plattdeutsch:»Morgen geht er seinen Großvater suchen, und dann merkt er, daß er es selbst geworden ist.«

Daraufhin lief ich zu dem Heimgekehrten hinüber.

»Wie lange warst du fort?« fragte ich neugierig.

Er faßte mich so zart und vorsichtig an, wie Frauen einen Stoff prüfen, wenn sie Einkäufe machen, so liebevoll, als wäre ich zu seinem Empfang erschienen, und murmelte:»Kleiner Junge ... als ich ausfuhr, da gab es das Schiff dort und dich noch nicht.« Er küßte mich und sagte:»Vierzig Jahre.«

Pile Trak meinte später:»Die wirst du glücklich leben, so ein Gruß hat was Besonderes. Soll er sich nur seine Schnauze an dir putzen, vierzig Jahre sind ein langes Fressen.«

Zuweilen holte Pile Trak Schiffszwieback aus seinem Sack, ungeheure Brocken und hart wie Holz. Er zerbrach und zerstieß sie mit Sorgfalt, weil er Wert auf die dicken Madenwürmer legte, die in diesen Gebälken hausten. Zeigte sich solch ein dunkelbraunes Wurmköpfchen auf gelbem, fettigem Leib, so spiegelten Piles Züge das listige Glück des erfolgreichen Jägers und die Vorfreude des verwöhnten Feinschmeckers. In der Blechbüchse mit Seewasser, die zur Säuberung unserer Finger immer neben uns stand, weil unsere Fischköder erforderlich machten, daß wir solchen Luxus pflegten, spülte sich Pile sorgfältig die Finger im Wasser ab und griff zärtlich zu, um den entdeckten Wurm aus seiner Mehlhöhle im Zwieback zu ziehen. Sofort verschwand der Wurm in Piles dunklem Rachen, der sanft klappte.

Diese Würmer hatten ihm einmal das Leben gerettet, und Pile aß sie aus Dankbarkeit. In schrecklicher Windstille vor dem afrikanischen Südkap erkrankte einst nach und nach die ganze Besatzung der Fregatte an Skorbut, jener argen Seuche, die das Fleisch an den Knochen mürbe macht und zerfallen läßt, weil es dem Körper an der rechten Nahrung, an frischem Fleisch und Gemüsen, gebricht. Pile blieb rund und fest und munter, und man fand später, daß in den Vorratsräumen kein Schiffszwieback zu entdecken war, der nicht, in kleinste Trümmer zerschlagen, seine Mehlwürmer an Pile geliefert hatte.

So was vergißt sich nicht, und ich begriff, daß die Tat so mancher Notlage bei andächtigen Seelen zur lieben Gewohnheit werden kann. Pile sagte es mir und stopfte seine Pfeife nach beendeter Mahlzeit. Der Pfeifenkopf war eine tiefschwarze, leicht brodelnde Teerpfanne, die in der Hauptsache zur Erzeugung von Speichel zu dienen schien, dessen Ausfuhr Pile mit Liebe vor sich gehen ließ, lautlos und weit.

Frische Schiffszwiebacke waren Pile Trak ein Greuel; er wußte genau, wo man die alten erhielt, die bewohnt waren und Aroma, Nerv und Würze der Vergangenheit ausströmten. Das waren die runzligen Säcke und alten Kisten in Kluges Seilhandlung in der Hafenstraße. Tagsüber saß der grämliche Höker auf den Säcken, die so alt waren wie er, zwischen geteerten Seilen, Angelzeug, Matrosenjacken und Kautabak. An der Decke seines Ladens, der nach Teer roch wie ein altes Faß, dem er glich, hingen ein großes, vollständig und kunstgerecht getakeltes Segelschiff und zwei ausgestopfte Seemöwen, die schwarz geworden waren.

Man erhielt bei ihm Wunderdinge und Seltsamkeiten, Lebensgeräte der geheimnisvollen Ferne und des abwegigen Tuns. Die Seeleute aller Länder verkauften ihm die Andenken und Mitbringsel ihrer Fahrten, kleine Dinge, deren Zauber im fernen Hafen groß und lockend gewesen war und deren Wert und Sonderheit in der Heimat bald für sie verblichen. Es gab Affen und Papageien, die man auf Ratenzahlung erstehen konnte, bei kleiner Anzahlung, damit sie rasch Abnehmer fanden, denn sie starben gewöhnlich bald, besonders die Äffchen, die von Tag zu Tag stiller und billiger wurden. Ich habe erstaunliche Preissenkungen erlebt. Asiatische Götzenwerke trauerten heilsversunken neben bunten Briefmarken. Tabakspfeifen, in allen Stadien der Verbrauchtheit, pendelten wie Gehängte an einer Schnur, und aus ein paar Stiefelschäften schauten verwelkte Palmenwedel, die als Zimmerschmuck Verwendung finden sollten, und die gerippten Stoßzähne des Sägefisches.

Kluge und Pile Trak waren befreundet, sie sprachen nur wenig miteinander, hockten zusammen, rauchten, tranken Grog und schwiegen. Ich saß viel bei ihnen, und man ließ mich gewähren, so daß ich ihre drei Freundschaftsmerkmale frühzeitig lernte.

Einmal kam ein vornehmer Herr in den Laden, der zuerst lange suchend durch die trübe Ladenscheibe geschnuppert hatte, und erkundigte sich nach dem Preis eines bronzenen Buddhakopfes, der, die Nase nach oben, armselig und vergessen in altem Gerümpel lag, zwischen Flaschenzügen und Kaurimuscheln.

Pile Trak stieß Kluge mit dem Fuß an – ich sah es deutlich – und gab ihm ein Zeichen, das ich nicht verstand. Da Kluge hierauf schwieg, sagte Pile nach einer langen Weile langsam: »Ist nicht verkäuflich.«

»Wieso? Weshalb nicht?«

Der Herr zeigte deutlich Unwillen, ja erregte Trauer, und suchte sein Verlangen nach dem Kunstwerk geheimzuhalten, was ihm vor Pile nicht gelang. Ob er den Kopf in die Hand nehmen und anschauen dürfe?

Ja, das dürfe er.

Pile sah fort und tat, als ob er gehen wollte.

Der Herr wurde sehr unruhig, und sein Zustand übertrug sich auf mich. Kurz entschlossen zog er die Börse, legte ein Goldstück auf den Ladentisch, soweit dort Platz war, und fragte siegesgewiß und gönnerhaft: »Ist das so recht?«

»Nö«, sagte Pile Trak.

»Aber ich bitte Sie, das zerbrochene Ding liegt doch hier einfach so herum.«

»Ja«, sagte Pile, »das liegt hier rum.«

Ein langes Schweigen der Empörung und Erwartung füllte den Raum wie heiße Luft; Kluge war deutlich besorgt und schaute angstvoll, aber Pile schien jetzt einzudösen. Der Herr machte Anzeichen, davonzugehen, er war schon an der Tür, kam aber dann zurück, und man einigte sich auf hundert Mark, so daß mein Herz stillstand.

Der Herr wickelte den Bronzekopf in eine Zeitung, seine Hände zitterten.

Pile und Kluge sahen sich an, als er draußen war; keiner sprach. Hätte ich doch ein Bild von ihnen, wie sie dasaßen und grinsten. Sie teilten das Geld. Ich bekam nichts.

## Siebentes Kapitel

## Vetter Eugen

Wir mußten ihn nehmen. Ich spürte deutlich, daß meine lieben Eltern ihre Zustimmung zu diesem Besuch nur mit Widerstreben gaben, mein Vater sagte: »In Gottes Namen.« Vetter Eugen kam aus der Schweiz, und wir kannten ihn noch nicht; ich hörte nur viel Gutes von seinem früh entwickelten Verstand und von seiner Strebsamkeit; merkwürdig, daß mein Vater gerade diese Eigenschaften bei unserem Vetter zu fürchten schien, da er sie doch bei mir erhoffte. Jedenfalls waren Anni und ich voll froher Erwartung, wenn ich mir auch vornahm, mich auf keinen Fall durch die Tugenden des Vetters einschüchtern zu lassen.

Besonders der Umstand, daß er aus der Schweiz kam, erregte meine Neugier und Phantasie in hohem Maße. Die Schweizer stellte ich mir wie Andreas Hofer oder Wilhelm Tell vor: Ich sah sie mit Armbrüsten bewaffnet, mit Kniehosen angetan und als vortreffliche Schützen zwischen Bergzinnen und auf hochgelegenen Schneegefilden nach Gemsen Ausschau halten oder in hohlen Gassen auf der Lauer liegen. Sie trugen Edelweiß an den Hüten, so daß man sah, wie sie sich in Gefahr begeben hatten, und schwuren überall Treue, wo es verlangt wurde.

Um so überraschter waren wir, als Eugen im Wohnzimmer erschien. Wir hatten nicht mit an die Bahn dürfen, unsere Mutter war allein hinausgefahren; wahrscheinlich wollte sie, daß wir uns nach und nach an Eugen gewöhnten und daß er nicht so plötzlich vor uns erschiene, wie jemand einen Eisenbahnzug verläßt. Überhaupt nahm sie sich seiner auf fürsorgliche Art an; ich glaube, daß sie seine verstorbene Mutter sehr geliebt hat und daß sie begriff, wie schwer und einsam Eugens Jugend verlief, weil sein Vater ihn nicht leiden konnte.

Man hatte mir gesagt, daß Eugen drei oder vier Jahre älter als ich wäre, so daß ich ungläubig und hilfesuchend auf Anni schaute, als ein junges Herrchen ins Zimmer trat, das kleiner war als ich. Was mir zuerst auffiel, war sein ungeheuer großer Kopf, der eine Brille trug, als hätte man sie vor eine Kegelkugel geschnallt. Dahinter musterten mich große, scheue Augen mit übertriebener Achtsamkeit; es war das erstemal, daß ich erlebte, daß ein Mensch zu gleicher Zeit verschüchtert und aufmerksam zu sein vermochte.

Er nahm meine Hand in seine, legte die andere darauf, so daß die meine in warme Verpackung geriet, und sagte: »Ich freue mich sehr, Cousin, aufrichtig. Möchte ein ergiebiges Zusammensein uns beide fördern. Ich habe manches zu bieten, du wirst sehen. Aber bitte ... bitte sehr, nicht mißzuverstehen, es soll nichts erzwungen sein, alles recht und natürlich.«

Er sprach das »ch« so aus, als wäre es ihm zu weit in den Hals gerutscht und müsse sich am Gaumen entlang behindert und verdickt hindurchpressen; es klang ähnlich, als ob eine Gans zischte, nur nicht so hell.

»Setz dich, Eugen, nimm Platz«, sagte meine Mutter herzlich.

»Aber bitte sehr«, sagte Eugen, »bitte sehr! Ich kann ebensogut stehen, wirklich ebenso gut ... keine Mühewaltung meinetwegen.«

Er breitete die Hände unten an den herabhängenden Armen abwehrend waagerecht aus, als ob er jemanden segnen wollte, der zu klein dafür war: »Wirklich, liebste Tante, ebensogut ...«

»Aber setz dich doch endlich«, sagte meine Mutter.

»So sitz ich denn ab«, sagte Eugen rasch, deutlich verwundert durch den etwas ungeduldigen Ton. Er ließ sich unglaublich vorsichtig auf einen hochlehnigen Stuhl nieder, den Anni ihm über den Teppich herangeschoben hatte – nicht aus Höflichkeit, sondern weil sie hinter der Lehne lachen wollte.

»Wenn ich dich gekränkt haben sollte, liebe Tante ...«

Er saß nicht richtig fest auf dem Stuhl, unten war er noch rund, weil er in den Knien schwebte, ich sah es deutlich von der Seite; man merkte, er wagte nicht »abzusitzen«, wie er es nannte.

»Nun erzähle uns ein wenig«, sagte die Mutter, die seine Frage überhörte.

»Es hat mir ganz ferngelegen, jemanden kränken zu wollen«, sagte Eugen, »völlig fern. Ich bin es gewohnt zu stehen. Es wäre wirklich eine Verkennung, wenn dies vorausgesetzt würde.« Er sah sehr niedergeschlagen drein, so daß sogar mich ein Gefühl der Reue und Schuld beschlich.

Eugen sah sich ratlos und vorsichtig um, aber sonderbar rechthaberisch zugleich, bereit, allen Schuld zuzumessen. Er strich sich über das Haar, das weich wie Watte und dünn wie Staub auf dem großen Schädel lag, als sei es ohne Erlaubnis da. Alles an diesem Menschen lebte einzeln für sich: der Kopf, die Hände, die Beine und die Ohren.

Es kam keine rechte Unterhaltung zustande, weil Eugen hinter jedem Satz etwas vermutete, was man gar nicht gedacht und noch weniger ausgesprochen hatte, so daß meine Mutter mir riet, mit ihm auf sein Zimmer zu gehen und ihm beim Auspacken seines Koffers behilflich zu sein. Ich wollte nicht behilflich sein, aber sehen, was in dem Koffer war, und ging mit.

An der Tür gab es Aufenthalt, weil ein Rangstreit über das Vorrecht entstand, wer zuerst eintreten dürfte. Eugen ging längere Zeit zugleich vor- und rückwärts, aber so sehr er sich in seiner Erbötigkeit plagte, um so entschlossener änderte er jetzt sein Verhalten. Er legte eine Überlegenheit an den Tag, die so gewichtig war, daß sie nicht mehr kränkte, sondern meinen Wunsch weckte, sie in ihrer ganzen Fülle zu erleben.

Er tastete erst mit seinen dicken, großen Fingern überall an den Fensterritzen entlang, um sich zu überzeugen, daß nirgends Durchzug vor sich ging, und öffnete dann den großen Pappkoffer mit einem Schlüssel, den er an einer Leine um den Hals trug. Die Ordnung der Dinge in diesem Kasten jagte mir Schrecken ein. Es waren außer seiner Wäsche Bücher darin, zwei Schwämme in Wachstuchhülsen, eine Kerze, eine kleine Standuhr und ein Volkskalender mit Bildern.

Jedes Ding bekam im Raum seinen Platz, als sei es für immer, und ich mußte denken: Er bleibt sehr lange. Es zeigte sich im Laufe der Zeit außer den Wäschestücken noch ein Nußknacker, ein Neues Testament und mehrere Tafeln Schokolade, Filzpantoffeln und ein Teesieb. Manches war mir neu, und mein Gemüt schwankte heftig zwischen Ehrfurcht und Grauen. Die Armbrust erwartete ich längst nicht mehr. Die Schweiz war anders.

»An diesem Kalender werde ich nächstes Jahr wahrscheinlich mitarbeiten«, sagte er fröhlich bewegt, »es besteht begründete Aussicht.«

Darunter vermochte ich mir nichts vorzustellen. Daß er sich auf eine Arbeit freuen konnte, war mir unverständlich. Ich nahm den Kalender zur Hand, um zu zeigen, daß ich zugehört hatte.

»Vorsicht!« rief Eugen und nahm mir den Kalender fort. »Ich habe nur dies eine Exemplar. Es ist mir wichtig, denn nur ein kleiner Zufall hat verhindert, daß er einen Beitrag von mir erhielt. Es war eine gelungene kleine Sache, ich werde sie heute abend vorlesen, freilich wird wohl nur die Tante ihre Freude daran haben ... oder?« Seine Augen warnten mich.

Er verteilte immer noch Gegenstände im Zimmer; ich merkte schon, daß ich mit ihm nichts anfangen konnte, und paßte auf, wo er die Schokolade hinsteckte. Dann verabschiedete ich mich, um Anni aufzusuchen.

»Es hat nicht an mir gelegen, Cousin«, sagte Eugen in der Tür, »wenn es dir bei mir nicht zugesagt hat. Mir Vorwürfe zu machen, wäre ungerecht, jedenfalls voreilig, und ich hätte es nicht von dir gedacht, das nicht ...« Seine Augen, durchdringend und entsetzt, hielten mich aus traurigem Gesicht fest.

»Ach wo ...«, sagte ich.

»Natürlich kann es an mir gelegen haben, ich will mich in keiner Weise besser machen, als ich bin«, sagte Eugen. »Aber schließlich bin ich hier Gast; ich selbst bin sehr gastfreundlich erzogen worden, wenigstens von seiten meiner Mutter. Würdest du glauben, daß mein Vater mir die Brille zerschlagen und mich aus dem Haus geworfen hat? Buchstäblich hinausgeworfen. Er hat meine Brille in kleine Stücke zertreten, aus reiner Bosheit und sich dessen völlig bewußt, daß ich hilflos, ja geradezu verloren bin ohne meine Gläser. Deine Mutter würde das verstehen ...«

Ich fühlte mich über und über schuldig und ging rasch und ohne Gruß zu Anni, die wütend war, daß sie nicht mit in Eugens Zimmer gedurft hatte.

Beim Nachtmahl fragte Vetter Eugen jedesmal und für alles um Erlaubnis, nachdem er endlich Platz genommen hatte. »Liebste Tante, es ist durchaus nicht erforderlich, daß ich neben dir sitze, wirklich nicht, ich könnte ebensogut weiter unten am Tisch essen ...«

So begann es, und mein Vater sah zur Decke auf, während wir Kinder still und leblos vor unseren Tellern hockten; ich konnte unmöglich gleich am ersten Tag die rechte Einstellung zu Vetter Eugen finden, aber ich merkte wenigstens, daß Anni brodelte.

Es war so schwer, über Eugen zu lachen, denn er tat mir furchtbar leid, so gelehrt und gescheit, wie er war; bei seiner deutlich wahrnehmbaren Armut so ordentlich und bei seinem Hochmut so unaussprechlich vernachlässigt vom Leben, denn er hatte große Leberflecken und Brüllhusten.

Dabei konnte er reden, daß man auch dann in Ergriffenheit geriet, wenn man gar nicht zugehört hatte; überschnell, traurig und immer mit Anklage entsprangen ihm seine Satzgebilde, aber aller Eifer steckte schon fest in der Zange der Todesangst, man möchte seinen Wert und seine Leistung unterschätzen.

Als wir uns endlich erschöpft vom Tisch erhoben, verstand ich, daß Eugens Vater die Brille zertrampelt hatte. Nicht ein Stückchen Brot, nicht eine Kartoffel oder ein Kohlblatt hatte dieser Eugen zu sich genommen, ohne zuvor um Erlaubnis gefragt zu haben, und wenn es ihm gestattet wurde, so zögerte er erst recht. »Es geht auch ohne die Rübe, liebe Tante, ich bin satt, vollkommen satt ...«

Dabei stand ihm die Gier in den Augen geschrieben, und er sah immer nach der Käseglocke. Als sie herumgereicht wurde und an ihn kam, litten alle, denn Eugen fürchtete sich, von einer Käsesorte etwas zu nehmen, die nach seiner Befürchtung vielleicht ein anderer bevorzugte: »Darf ich mir von diesem gelben Käse ein Stückchen abschneiden, Tante? Nur ein kleines, aber wenn vielleicht ein anderer grade diese Sorte wünscht ... ich kann es ja nicht wissen, und nehme ebensogern von diesem andern ...«

Er hielt die Glasplatte ratlos vor sich hin ausgestreckt, bis seine Hand zitterte, und Anni und ich rechneten nicht mehr mit Käse.

»Es ist gleichgültig, nimm nur, was du magst«, sagte meine Mutter geduldig.

»Es ist nicht unbedingt nötig, daß ich überhaupt noch Käse esse«, begann Eugen wieder.

Da nahm ihm Anni die Platte fort, und der Vetter zeigte jetzt uns allen, daß ihm kein Käse gegönnt sei. Er sah uns nacheinander vorwurfsvoll und erniedrigt an, wie eine verstoßene Waise.

Ja, er will, daß man ihn hungern läßt, dachte ich, damit er hinterher Grund zu einer Anklage hat. Ich sagte es meiner Mutter später einmal auf eine ähnliche Art, weil ich fühlte, daß sie sich Sorgen machte und unter Eugen litt. Sie sah mich lange an und lächelte in Gedanken. »Ja ... ja ...« Und dann plötzlich rief sie beinahe heftig: »Es muß geradezu eine Wohltat sein, schuldig zu werden und es zu bekennen, ehe man solche Bescheidenheit bei sich selbst pflegt, die die ganze Umwelt schuldig macht.«

Ohne sie ganz zu verstehen, wußte ich genau, was sie meinte, das war oft so, denn wir lebten im gleichen Element von Wunsch und Erleiden, und ein Kind ist tiefer und klarer in die Bereiche der Empfindung eingeschlossen, als ein Erwachsener je die Bereiche der Erkenntnis zu durchdringen vermag. An einem der nächsten Tage übernahm Eugen die Erziehung, denn er hatte Mängel festgestellt, besonders bei Anni. Er bereitete alles umständlich vor, stellte die Stühle einander gegenüber, und Anni mußte »absitzen«. Er trug eine Joppe mit Hirschhornknöpfen und Wadenstrümpfe mit einem Schachbrettmuster. Seine merkwürdig großen Hände hingen bis an die Knie nieder, und sein spärliches Haar war fest an den Schädel und mit Wasser nach hinten gebürstet. Traurig und entsetzt, nie schaute er anders drein, betrachtete er Anni und sammelte ihre Fehler und Gebrechen, wie man Raupen von einem Kohlkopf abliest.

»Du solltest die Haare nicht offen, mit einer bunten Schleife im Genick tragen«, sagte er betrübt, »zwei kleine Zöpfe würden sich weit besser machen, und das Haar bleibt auch sauberer.«

Ich ärgerte mich besonders über das Wort »Genick«; es gefiel mir einfach nicht, daß man Annis Hals auf der Rückseite so nannte. Daß sie nicht sauber sein sollte, war mir neu, und ich versuchte bei Eugen Unsauberkeit festzustellen, weil ich etwas gegen ihn vorbringen wollte, um Anni zu decken. Die Nägel waren aber abgenagt, so daß man dort nichts fand. Er tat mir auch sofort wieder leid, denn er sah Anni so traurig und selbstverloren an, so demütig und bittend, als enthielte sie ihm etwas vor, wonach er sich schrecklich sehnte.

»Macht ihr Freiübungen, turnt ihr recht?« fragte er streng und ganz überlastet von Besorgnis. »Dein Schwesterchen hat ein wohlgebildetes Körperchen; man sollte morgens im Badeanzug marschieren, am besten vor Sonnenaufgang, in Tau und Kühle. Ich mache täglich meine Freiübungen, und ihr werdet es wohl schon an meinem Körper festgestellt haben, wie er sich bewegt, zum Beispiel ...«

Er machte mit genügsamem Gesicht eine Art Tanzschritt zur Seite und lächelte wohlig aus den runden Wangen. Den großen Kopf warf er adrett zurück, wie von anmutiger Kämpferlust erfüllt. Man sah, das Leben gefiel ihm aus angenehmen Vorstellungen heraus, und er wollte sich vorwagen. Er sah auf Anni.

Irgend etwas mißfiel mir bis zur Bedrängnis. Warum sagte er das nicht mir? Ich mußte an Onkel Theodor denken und wußte nicht weshalb. »Wenn du glaubst, daß ich keine Kraft habe …«, sagte ich und sah ihn böse an. Anni gehörte mir. Aber ich brauchte nicht für sie zu kämpfen, sie hatte schon genug und fing an zu lachen.

»So ein dummer Kerl«, sagte sie frech und lustig. Sie rief es mir zugewandt aus, es schien, als wagte sie es noch nicht recht in sein Brillengesicht hineinzusagen. Brillen haben nun einmal etwas, was die Dummheit ihrer Träger für eine Weile undeutlich macht.

»Ich meine es gut«, stammelte Eugen unsicher, »euch fehlt noch vieles … ›Dummer Kerl‹, falls es mir gelten sollte, muß ich es mir ernstlich verbitten.«

»Ich mag dich einfach nicht leiden, fertig!« rief Anni. Sie sprang auf und ging hinaus, wobei sie die Tür laut hinter sich zuschlug. Meine ganze liebende Seele zog hinter ihr her, und was noch übrigblieb, war nicht freundlich auf Eugen zu sprechen. Da stand ich nun mit diesem Vetter. Was mich bewegte, konnte ich nicht vertreten, und ich blieb deshalb bei der ablehnenden Haltung.

»Wir können es ja einmal mit Schwimmen versuchen«, stieß ich gegen ihn vor; »nachmittags fahren wir immer hinaus. Wenn du willst? Wir werden dann ja sehen …«

»Schwimmen?« fragte Eugen gedehnt und sorgenvoll. »Daran habe ich auch schon gedacht. In der Ostsee doch nicht … oder doch? Ich habe zwar keinen Schwimmanzug mitgebracht, aber vielleicht weißt du, wo man einen solchen preiswert erstehen kann. Ich werde meinem Vater schreiben und ihm auseinandersetzen, daß es hier ein Erfordernis ist, sich mit einer Badehose zu versehen. Wir wollen heute nachmittag vorläufig einmal miteinander in die Stadt gehen, um zu erkunden, welche Mittel für solch eine Badehose notwendig sind. Du wirst sehen, daß ich mich darauf verstehe, das rechte Magazin ausfindig zu machen, nur nicht das erste beste. Übervorteilen lasse ich mich nicht. Wir werden uns einen Badeanzug zurücklegen lassen, ohne uns fest zu verpflichten. Aber ich glaube, mein Vater wird mir nicht antworten. Er scheut alle unnötigen Anschaffungen; nicht, weil seine Verhältnisse es ihm etwa nicht gestatteten, oh, wohin denkst du? Er verdient gut … Ich sehe beim Baden übrigens auch gerne zu. Warum ist denn Cousine Anni fortgegangen?«

»Sie hat es ja gesagt.«

»Das habe ich überhört, es war vorschnell herausgestoßen und ganz unberechtigt. Das hat mir noch niemand gesagt. Es gab

Freunde unseres Heims und liebe Verwandte, die mich für die Gelehrtenlaufbahn bestimmt hatten, für die Philosophie; das wäre auch wohl mein Beruf gewesen, ich habe Beweise geliefert, man staunte. Hast du übrigens beobachtet, daß mein Haaransatz große Ähnlichkeit mit dem Pestalozzis hat?«
Ich hatte es nicht beobachtet und dachte darüber nach, wer Pestalozzi sein könnte. Dem Klang nach stellte ich ihn mir heiter und beweglich vor, ähnlich wie einen Clown, und beschloß, ihn in die Figuren meines Kasperletheaters aufzunehmen, mit dünnen Beinen und großem Kopf, wie Eugen, so daß man mit der Pritsche daraufknallen konnte. Pestalozzi! Ausgezeichnet!
Der Vetter folgte meinen stummen Erwägungen mit mißtrauischen Augen, offenbar empfand er mich als abgelenkt, und fuhr jetzt sehr nachdrücklich fort: »Es ist nichts mit der Gelehrtenlaufbahn geworden; ein tragischer Fall, achte darauf, denn mein Vater hat mich für das Bankgeschäft bestimmt; wenn die Ferien herum sind, werde ich in ein Bankgeschäft eintreten.«
»Gibt es in der Schweiz auch Bankhäuser?« fragte ich.
Vetter Eugen sah mich mit maßlosem Entsetzen an. Sicherlich würden wir uns niemals verstehen, und ich hatte schon gemerkt, daß er nicht in die Ostsee wollte.
Ich weiß dann noch gut, daß in der kommenden Zeit seine Gedichte eine Rolle in unserem Hause spielten; wir erhielten alle davon, und man fand sie auf Nachttischchen oder Kopfkissen, zuweilen auch in der Frühstückstasse. Zumeist enthielten sie eine Lehre oder Besorgnis um uns, und wir erfuhren darin, daß wir Eugen verkannten. Ein Sonett an Anni endete damit, daß er und sie, nach den Bedrängnissen der Welt, Mund an Mund durch das Paradies flogen. Ich stellte es mir vor und fand es unnötig; auch mein Vater war dagegen.
Dann versinkt Vetter Eugens Gestalt langsam für mich ins Dunkel der Vergessenheit; ich erinnere mich, daß ich ihn, nahe vor seiner Abreise, einmal weinend vor Anni auf den Knien antraf, so daß ich mich rasch und erschrocken davonmachte. Annis Gesicht blieb mir deutlich im Gedächtnis haften, ähnlich, wie sie schaute, wenn sie mir einen verwundeten Finger verband, nur großartiger. Es stimmte mich ehrfürchtig gegen sie; ich war Eugen geradezu dankbar, hatte aber doch das Gefühl, als ob ich, viel später, Anni einmal verlieren könnte, wenn auch nicht an Eugen. Sie war so schön anzuschauen ... vorher hatte ich sie oft betrachtet, aber jetzt

merkte ich es. Auf diese Art ist Vetter Eugens Bild bei mir für alle Zeit mit dem Annis verwoben, obgleich sie einander so fremd blieben und so fern, wie der Sirius von der Erde steht.

Vetter Eugen bewährte sich in der Zeit seines Aufenthalts bei uns als so tugendhaft, daß wir nach kurzer Zeit alle miteinander schlechte Menschen wurden; sogar bei Marie, die der gutmütigste Mensch meiner Jugendwelt war, bemerkte ich Anzeichen von Bosheit. Endlich reiste er ab.

Mein Vater mußte beobachtet haben, daß ich dem Vetter, als er nun fort war, zuweilen mit Unsicherheit und Grübeln meine Gedanken, nach dem Südwesten hinunter, nachschickte. Er sagte zu mir: »Sei ohne Sorge, mein Junge. Es gibt auch Schweizer, die keine Tugenden haben.«

## Achtes Kapitel

# Erste Liebe und Enttäuschung

Benno Stern nahm mich eines Tages mit in seine elterliche Wohnung, sehr gegen meine Überzeugung, aber doch nach meinem heimlichen Wunsch. Seine Familie saß beim Nachmittagstee, und der Vater gab mir freundlich die Hand und hieß mich willkommen; er tat es ganz selbstverständlicherweise, als gäbe es nichts Natürlicheres, als daß sein Sohn mich mitbrachte. Ich war da – gut. Das gefiel mir. Auch stellte er nicht die tausend lästigen Fragen an mich, mit denen die Erwachsenen uns sonst quälten. Auch das gefiel mir. Dieser Vater hatte eine Nase, die in Gefahr war einzuwachsen, wie es die Nägel am großen Zeh bisweilen tun. Sie krümmte sich, sonderbar tief in die Wangen gebettet, auf die Oberlippe zu, so daß das Niesen Rückschläge geben mußte, wuchs aber nicht ein. Daß ein Kneifer aus Gold darauf standhielt, war merkwürdig.

Er sagte zu mir durch diese Nase: »Dies ist meine Frau und hier meine kleine Mia; behandle sie freundlich, dann bist du uns ein willkommener Gast.«

Es kam mir überhaupt während der Mahlzeit so vor, als ob dieser Herr in der Welt nur seine Frau und seine zwei Kinder besäße; er antwortete jedesmal, wenn sie fragten, und ging auf alles ein, was sie vorbrachten. Ja es schien mir, als lauschte er geradezu auf ihre Wünsche und wäre betrübt gewesen, wenn sie nichts von ihm gefordert hätten. Es war aber keinesfalls so, daß er nur sie besaß, denn die Wohnung bot sich sehr reich und vornehm dar, viel besser eingerichtet als die unsere. Das Büfett roch unglaublich gut, es strömte eine Atmosphäre aus, die mich geradezu verzauberte; überall standen zudem Schalen mit Kostbarkeiten umher, in der einen befanden sich Pralinen in bunten Metallpapieren und auch solche, bei denen man die Schokolade sehen konnte. In einer anderen Schale prangten Obstsorten, die ich nicht kannte; sicherlich unglaublich teuer. Man sah offene Likörflaschen mit geschliffenen Glasstöpseln einfach so umherstehen, jedermann zugänglich, und Zigarrenkisten, gehäuft wie Ziegelsteine; unverschlossen und frei standen sie da. Offenbar stahlen oder naschten Mia und Benno nie. Ich starrte sie an.

Frau Stern trug ein Kleid aus schwarzer Seide, das ihr auf so sonderbare Art paßte, daß man hätte glauben können, sie sei darin aufgewachsen und das Kleid mit ihr. Auch sie roch anders als meine Mutter. Es war das erstemal, daß ich zu »fremden Leuten« kam, und wenn ich heute daran zurückdenke, weiß ich noch deutlich, daß ich alles dort gewissermaßen, ungewollt und hilflos, zuerst mit der Nase wahrnahm. Frau Stern betrachtete mich gutwillig; ich glaube, sie verstand mein Erstaunen richtig, denn als wir uns vom Tisch erhoben, führte sie mich an das riesige Büfett, das wie ein glitzerndes Stadttor wirkte, öffnete es unten, kniete nieder und gab mir ein sonderbares Konfekt aus einer bunten Blechdose mit einem wilden Drachen darauf, die ich noch lieber gehabt hätte. Ich zögerte, denn ich glaubte, diese geheimnisvolle Gabe könne Gift enthalten, dann schämte ich mich und nahm es zu rasch, so daß die Dame lächelte. Ihr Lächeln war traurig.

Es gab damals nur wenig jüdische Familien in meiner Heimatstadt; nach der Anzahl der Schüler zu schließen, die bei uns in der Religionsstunde »fehlten«, hatten wir nur zwei Knaben jüdischer Rasse und Konfession in unserer Klasse, es ist aber auch möglich, daß der andere ein Katholik war. Ich fragte oft, Benno Sterns wegen, erhielt aber niemals eine Antwort, die mich befriedigte, nur das Verbot, mit diesem Jungen zu verkehren, aber daraus machte ich mir nichts.

Wir durften dann völlig ungehindert und allein in Bennos Zimmer gehen; Mia begleitete uns, und ich bekam alles zu sehen, was Benno besaß und was er trieb. Ich staunte über seine Bücherschränke. Er hatte mehr Bücher als meine beiden Eltern zusammen, ein Schreibpult mit Schlüssel und Turngeräte, einen Abreißkalender, nur für ihn bestimmt, und einen Globus.

Er schien sich ein wenig darüber zu wundern, daß meine Aufmerksamkeit immer von dem abschweifte, was er mir gerade zur Beachtung bot; er begriff nicht, daß die Dinge seines Raums, seine Reichtümer und die Vorzüge seines jungen Lebens mir nicht selbstverständlich waren wie ihm. Jetzt fiel mir auch ein, daß er immer Taschengeld hatte ... mein Gott ...

Aber natürlich, wie sollte es auch anders sein? Besaß er nicht alles, wofür wir, Anni und ich, mühsam die spärlichen Groschen zusammenhielten oder rasch und endgültig ausgeben mußten? Ich beneidete ihn, ließ es aber nicht merken und tat recht gleichgültig.

Er zeigte sich darüber nicht verletzt, im Gegenteil, er sah mich oft so rätselhaft an, als habe er und nicht ich Grund zum Neid.

»Deine Briefmarken«, sagte er, »habe ich sehr gut verkauft; ich besaß sie schon in meiner Sammlung, deshalb gab ich sie weiter. Nimm doch die Hälfte des Geldes.« Er hielt mir – aus der Westentasche genommen! – ein Dreimarkstück hin.

»Nein«, sagte ich erschrocken, »ich will nicht.«

»Wieso? Bist du toll? Es ist auch nur, falls du wieder Marken bringen kannst …«

Das überzeugte. Man muß an seine Zukunft denken. Ich nahm das Geld an und schob es, unter Mißachtung meiner kleinen Börse, in die Westentasche. Das war der Ort für Geldsummen.

Alles kam mir sehr sonderbar vor. Aus Unsicherheit wurde ich ein wenig laut; sicherlich hat grob geklungen, was ich vorbrachte – ich weiß nicht mehr was. Da kam Mia aus ihrem Winkel, wo sie still und bescheiden gehockt und zu uns herübergeschaut hatte, und nahm schüchtern meine Hand, das heißt, eigentlich legte sie nur die ihre auf meine, ich weiß es noch genau. Ich fühlte, wie ich rot wurde, fand aber nicht den gewohnten Aufwand von Frechheit, der mir sonst rasch zu Gebote stand, wenn ich mich durch diese törichte Erscheinung des Errötens für verraten oder durchschaut hielt.

»Liest du gern Bücher?« fragte sie mich. Sie nahm die Hand fort. Ihre Stimme klang sonderbar tief, und ich sah auf ihre Hand neben der meinen am Tischrand. Sie war gelblich, aber nicht mager.

»Ja«, antwortete ich, »Karl May.«

»Ach Gott«, sagte sie, tastete dann besorgt und vorsichtig nach dem rechten Einwand und meinte: »Es gibt schönere Bücher.«

»Hast du welche?«

Ich fragte nur aus Höflichkeit. Als ob Karl May zu übertreffen wäre! Sie war dumm oder wollte sich aufspielen. Sogar mein Vater las Karl May. Wenn ich ins Zimmer kam, deckte er die Zeitung über das Buch, denn er hatte es mir verboten und weggenommen.

Mir kam es plötzlich so vor, als sei Mia viel älter als wir, obgleich sie mir kaum ein paar Monate voraus sein konnte, auch war sie kleiner als ich und zart von Figur. Gottlob kam mir der »Trojanische Krieg« in der Verdeutschung von Voß in den Sinn, und ich nannte ihn als Buch, das mir gehörte.

Mia nickte.

»Ich gebe dir ein Märchenbuch«, sagte sie, »es wird dir gefallen.«

Das kränkte und enttäuschte mich sehr. Märchen? Jetzt noch? Und noch dazu von einem Mädchen empfohlen und ausgeliehen. Ich hielt damals nicht viel von Mädchen und Märchen.

»Willst du mit in mein Zimmer kommen?«

Ja, ich wollte. »Hast du auch ein eigenes Zimmer?«

»Ich schlafe mit unserer Nurse zusammen.«

Ich tat, als wüßte ich, was eine Nurse ist, und fand es in Ordnung, daß man mit ihr zusammen schlief.

Mia hatte wahrhaftig noch mehr Bücher als ihr Bruder. Wenn ich nur gewußt hätte, was eine Nurse sein könnte. Es stand ein prachtvolles Bett neben dem Mias, mit Spitzen und einer Steppdecke aus roter Seide. Mein Gott, diese Nursen!

»Darfst du wirklich das Buch ausleihen?« fragte ich zweifelnd und zögernd, als sie mir einen dicken Band in buntem Umschlag aus ihrem Schrank hob.

»Aber ja doch«, sagte sie und lachte, »es gehört doch mir.«

Es konnten einem also Dinge völlig zu eigen gehören, die nicht mehr unter der Kontrolle der Erwachsenen standen. Jetzt sah sie mich an, und ihr Lächeln verging sonderbar langsam, als nähmen allerlei Gedanken es nach und nach aus ihrem Gesicht. Das machte ihren Ausdruck so geduldig, voller Teilnahme und liebreich. Irgend etwas traf mein Herz in schrecklicher Tiefe.

Ich nahm das Buch hastig und wollte nun gehen, ganz ohne Grund so plötzlich und verwirrt von Angst und Freude. Benno begleitete mich ein Stück Wegs.

»Was hat sie dir denn gegeben?« fragte er beiläufig. Er war offenbar etwas verlegen, da er meinen Zustand fühlte, ohne ihn zu begreifen.

Ich sah nach. Es waren Andersens Märchen. –

Als ich zu Hause anlangte, polterte mein betroffenes Herz vor Anni den Triumph und die Angst des Erlebnisses heraus, damit ich wieder zu Kräften käme: »Keine Ahnung hast du! Das sind Leute. Ich habe jetzt Mia Stern kennengelernt; ich sage dir, das ist ein Mädchen, einfach fabelhaft. Auch einen Briefmarkenhandel werde ich anfangen. Ich glaube, ich brauche dich jetzt kaum noch.«

»Na, sachte …« meinte Anni nur.

Nun ging ich oft zu Benno Stern, die Atmosphäre seines Elternhauses hob mich aus den Bereichen der eigenen Sippe, ohne daß ich mich wie sonst auf die Gasse angewiesen sah. Ich kreiste zuvor allzu eingeschlossen in den Bezirken der elterlichen Anschauungen und der Lebensgewohnheiten der Verwandten. Ich fragte meine Mutter, ob ich Benno mit zu uns bringen dürfte, er sollte meine Tiere sehen. Sie erlaubte es, richtete es aber so ein, daß mein Vater abwesend war, als Benno kam.

Ich weiß, er ist einmal bei uns gewesen; viel habe ich von diesem Besuch nicht mehr im Sinn, wir standen ziemlich ratlos vor dem Meerschweinchenstall, und vor meinen Schlangen zeigte Benno Abscheu. Seine blanken, müden Augen und diese Seele ohne Überraschungen nahmen den Dingen meines Lebens viel an Reiz. Er war sicherlich auch bei uns schon einmal gewesen und hatte Meerschweinchen gesehen, in Urzeiten ...

Mia kam mir ähnlich vor wie er, so wie sie mir anfänglich im klaren, aber ungewissen Spiegel meiner Augen erschien und im unerhellten Lebensbereich meiner geringen Erfahrung. Jedoch ihr Wesen bewegte sich und wuchs anders, und ich liebte sie sehr. Sie ist das erste fremde Geschöpf gewesen, das sich meiner um meiner selbst willen angenommen hat, ohne den Versuch zu machen, mich zu zwingen, zu knechten oder zu quälen; sie setzte eine Seite meiner Natur und meines Wesens voraus, deren Existenz andere nicht einmal für möglich hielten.

»Liebst du die Musik?« fragte sie mich einmal.

Ich schämte mich furchtbar. Wer fragte denn so was? Bei uns zu Hause spielte nur Anni Klavier, und mein Vater spottete darüber. Was gab es da zu lieben?

Mia nahm mich mit in ein Konzert, die schmalen bläulichen Eintrittskarten brachte sie für uns beide mit; es tat mir leid, daß wir sie nicht behalten konnten, am Eingang zum Saal wurden sie uns abgenommen. Ich war den heiligen Überfällen aus diesen tönenden, farbigen Lichtwelten der Seele nicht gewachsen, und Mia mußte mich hinausführen. Sie schüttelte den Kopf, setzte mir draußen im Gang die Schülermütze auf und half mir in den Mantel. Vom Saal her rauschte es süß, gemessen und herrlich.

»Was ist nur mit dir?« sagte sie langsam und leise, wie zu sich selbst, und sah mich an, als wäre ich nicht ich.

Ich fragte sie rasch, ob der Teppich aus Samt wäre. Sie nickte und lächelte, aber ich merkte, das Nicken galt nicht meiner Frage. –

Nicht nur in dieser Stunde, sondern immer, wenn ich sie sah oder an sie denken mußte, erschien Mia mir fremdartig und unerreichbar, wie die japanischen Lackkästchen in Tante Eukarestiens Eckschrank.

Ich hätte niemals gewagt, diese schwarzen Schatullen dazu zu verwenden, etwa meine Mehlwürmer oder Maikäfer darin unterzubringen, dazu waren die leer gewordenen Zigarrenkisten meines Vaters gut. Ähnlich erging es mir mit meinen spärlich überwachten und kaum erkannten inneren Habseligkeiten dieser dunklen Kinderseele gegenüber, die, wie in einem schmerzreichen Traum, wie auf der Suche nach dem Messias, durch meine Knabentage gegangen ist. Oft sah sie mich lange und schweigend an, mit Augen, so alt wie die Welt und glänzend wie stille, schwarze Steine, faßte so sacht, als fröre sie dabei, mein Haar an, das mir selbst abscheulich vorkam, und lächelte wie meine Mutter, nur viel trauriger. Immer hatte ich das beschämende Gefühl, als priese sie mich glücklich, aber sie sagte niemals ein Wort, aus dem ich es mit Berechtigung hätte schließen können.

Näher trat ich ihr erst durch ein späteres Ereignis; es muß im Sommer gewesen sein, denn das Bild ihrer Erscheinung ist gegen den Hintergrund des Meeres gelegt, in dem wir badeten. Es war stürmisch und heiß, die großen Wogen rauschten hell und laut im Sonnenschein auf den Strand. Außerhalb des Hafens gab es bescheidene kleine Badeorte, eigentlich wohl nur Fischerdörfer, aber eines von ihnen besaß ein Kurhotel, heute würde man es einen bescheidenen Gasthof nennen. Dort wohnten Mias Eltern in den Ferien, während wir nur zum Baden mit den Hafendampfern hinausfahren durften, die uns abends wieder in die Stadt zurückbrachten. Wir setzten uns aus einer ungehaltenen Schar zusammen, Guschi Wrange befand sich unter uns, auch Anni und eine Menge Buben. Wir tummelten uns im Wasser, ausgelassen, in wilde Seekämpfe verstrickt und zu hochgestimmten Taten aufgelegt.

Mia kam in ihrem Badeanzug aus dem Garten des Kurhotels und legte sich am Strand auf eine Sandbank; sie sah schüchtern und begehrlich, aber deutlich zweiflerisch unserem Spiel zu und schien sich nicht in unsere Gesellschaft zu trauen. Als sie vorsichtig ein wenig ins Wasser ging, nicht weiter als bis an ihre Knie, flog ich ihr stolz und stürmisch im flachen Wasser entgegen, erfreut über eine gute Gelegenheit, mich vor ihr in einem Element erweisen zu können, das schließlich doch mehr bedeutete als Bücher und Musik.

Sie wollte zum Strand zurück, fürchtete sich aber, für ängstlich oder gar für feige gehalten zu werden, und blieb stehen.

»Komm, Mia, wir schwimmen, gib mir die Hand! Jetzt kommt eine große Welle, los!«

»Ich kann nicht gut schwimmen«, sagte sie, ging aber einen Schritt voran, so langsam, daß ich sie zog. Die große Welle kam und überspülte uns bis an die Schultern. Mia hielt sich an meinem Arm so fest, daß es mich schmerzte, zitterte und lächelte mich an. Das war das große Erlebnis meiner Liebe zu ihr, man braucht es nicht zu glauben. Als ob Angst etwas Süßes und unsagbar Zärtliches sein könnte – wer weiß davon? Der Ausdruck ihres Gesichts war so hilflos und flehend, ihr entschuldigendes Lächeln voll tiefen Vertrauens zu mir, daß ich sie nicht quälen oder zwingen würde. –

Guschi Wrange hatte uns entdeckt und tobte mit Geheul und Rauschen im Wasser heran, der Dicke, als schleppte er den Rheinfall von Schaffhausen mit sich.

»Tauch sie unter!« brüllte er.

Ich merkte, hier gab es nichts zu reden, denn die anderen konnten auch noch dazukommen, holte aus und traf ihn entschlossen und richtig, obgleich er stärker war als ich. Seine Nase blutete.

Er war so verblüfft, daß er uns gehen ließ. Er wäre bestimmt mein Feind geworden, wenn er nicht zu gutmütig dazu gewesen wäre. –

Wie es mit mir und Mia zu Ende kam? Da zeigte sich allmählich ein Herr, der Teufel weiß, woher er kam. Ich traf ihn in Mias Elternhaus; vielleicht wirkte er dort als Hauslehrer, vielleicht als ein Freund der Familie. Er war klein und dicklich und hatte große runde, braune Augen, wie Nüsse. Sein Charakter war ähnlich. Wenn seine großohrige Freundlichkeit uns überlächelte, faßte mich ein furchtbarer Zorn. Er benahm sich überlegen und voller gunstbeflissener Geschmeidigkeit wie ein Herrgott aus Marzipan und tänzelte, anstatt zu gehen. An seinen Arm schmiegte Mia eines schrecklichen Tages ihr Gesicht. Ich wollte in der Welt von jetzt an niemanden mehr lieben und ging zu Anni.

Benno verlor ich aus den Augen, denn er durcheilte die Schulklassen etwa doppelt so rasch als ich. Nach diesem Triumphzug seiner Kindheit und Jugend ist er verschollen. Immer wieder in meinem späteren Leben habe ich gedacht, er möchte eines Tages mit einer großen Geistesleistung, weithin sichtbar aller Welt, auftauchen. Es geschah nicht, und ich denke zuweilen noch an einen Streit zwischen uns, in dem er mich damals empört einen Barbaren nannte. Ich nahm es ihm nicht übel, denn es klang so sonderbar und prüfend, als wäre es, bei aller Abwehr, Bennos Verlangen gewesen, ein Barbar zu sein.

## Neuntes Kapitel

## Pakete

Anni sagte: »Paß auf: Wenn wir ein hübsches kleines Paket an einem Zwirnfaden aus Tante Eukaresties Fenster auf die Straße hinunterlassen, so wird es jemand finden und aufheben. Jetzt denk nach.«
Ich dachte nach und flammte vor Entzücken auf. »Was tun wir hinein?«
»Nichts«, sagte Anni, »das fehlte noch; höchstens Zeitungspapier; nur eine seidene Schleife muß daran sein, und es soll wertvoll aussehen, wie aus einem vornehmen Laden, bunt und großartig. Es darf nicht zu schwer sein, sonst reißt der Faden, denn auch wenn es einer in die Tasche steckt, soll es wieder herausgezogen werden können. Du wirst schon sehen, was die Leute machen. Ältere Damen, über Zwanzig, schreien bestimmt, das wird himmlisch.«
Das Leben erschien mir prachtvoll, und wir machten das Paket, als Tante Eukarestie in die Stadt gegangen war. Das tat sie zweimal wöchentlich zwischen vier und sechs Uhr, weil sie ihren Tee mit Kuchen in einem kleinen Café in der Prüne zu sich nahm, in dem mehrere Damen sich um einen runden Tisch am Fenster versammelten, um alles zu besprechen, was geschehen war. Auch sprachen sie über das, was eventuell geschehen könnte, wenn sich vielleicht etwas zutragen sollte, das im Begriff war zu geschehen. Es mußte sehr viel in unserer Stadt passieren, denn sie sprachen ununterbrochen von vier bis sechs Uhr, immer alle zu gleicher Zeit und lebhaft.
Ich wußte es, weil ich der Tante einmal Nachricht dorthin gebracht hatte, als der Vogel Anton an Verstopfung litt. »Macht er etwas, so komm gleich und beruhige mich«, bat sie, und da ich wußte, daß solche Nachrichten mit einem Zehner belohnt wurden, genas Anton, und ich sah den Cafétisch.
Das Paket war fertig, da lag es und wartete. Die eine Seite von Tante Eukaresties Haus grenzte hart an die Straße, der Eingang führte seitlich durch den Garten, wir mußten vom Schlafzimmer aus arbeiten. Es war eine stille, ziemlich abgelegene Straße, durch

die um diese Stunde nur wenig Passanten kamen, so daß wir mit Ruhe ans Werk gehen konnten und nicht zu fürchten brauchten, daß die Opfer einander beistanden oder daß eines uns an das andere verriet. Trotzdem mußten wir vorsichtig sein, und Anni wollte, daß das Fenster nicht ganz geöffnet würde, sondern daß wir nur durch einen Spalt hinausschauten, und die Gardine sollte vorgezogen bleiben.

»Wer wird denn gleich nach oben schauen?« widersprach ich ihr, aber ich tat es nicht angestrengt, denn ich wußte, daß wir uns doch beide hinausbeugen würden, wenn jemand unser Paket aufhob – es war zu wichtig.

Als der Gehsteig leer und niemand in der Nähe zu sehen war, warfen wir es hinunter. Es lag rosig und lebhaft dicht am Rinnstein und sah so echt aus, daß man den Verlierer bedauern mußte. Es lockte das Auge und die Sinne, wie eine erste Frühlingsblume am Wiesenrain, und ich war eine Weile geradezu erbost, daß es kein echtes Verlustpaket bedeutete und daß ich es nicht mit Vorteil und Gewinn finden konnte. Den Faden ließen wir so weit hinab, daß er über den Weg fiel und erst an der Hausmauer emporführte, damit sich niemand darin verwickeln konnte. Unmöglich würde jemand diesen Faden erblicken oder beachten; Anni hatte mit Geschicklichkeit einen Zwirn aus Tante Eukaresties Beständen gewählt, dessen Farbe sich am wenigsten vom Pflaster unterschied.

Nun kam jemand den Weg herauf, unsere Herzen dröhnten wie Weihnachtsglocken, nur viel rascher.

»Wenn was Schlimmes passiert, laß einfach den Faden los«, riet mir Anni. Sie kniff mich und strampelte.

Die Gestalt unten kam langsam näher.

Es war ein älterer Herr mit einem zylinderartigen Hut und mit einem Spazierstock, den er bei jedem Schritt hörbar auf den Boden stieß, so daß seine Annäherung an Wichtigkeit gewann. Er trug trotz des Sommertages einen gelbbraunen Überzieher und hatte einen Vollbart, ähnlich wie Onkel Theodor, nur stärker ergraut und nicht gefranst, sondern scharf abgeschnitten.

»Was Vornehmes!« sagte Anni.

Ich konnte nicht antworten, weil alles, was ein Knabe in sich hat, mir im Hals saß. Ich flimmerte vor Glück und Erwartung und bereute zugleich, mich in diese gefährliche Sache eingelassen zu haben. Anni, kühl und listig, zeigte gemessene Achtsamkeit und liebliche Tücke.

Unten sah man nur noch das Dach und den Rand des Zylinders, Schultern und ein Stiefelpaar, etwas Bauchrand glich das Bild ins Wohlwollende aus. Der Herr war vor dem Paket stehengeblieben, und Anni und ich hingen aus dem Fenster wie zwei Fahnen und gaben einander mit wildem Flüstern den Rat, zurückzutreten.

Der Herr unten stieß mit der Stockspitze an unser Päckchen, so daß es ein kleines Stück zur Seite rutschte, räusperte sich und sah sich um. Auf der anderen Seite der Straße näherte sich eine Frau in der gleichen Richtung, rasch, mit großen Schritten. Der Herr trat an den Rand des Bürgersteigs und stellte sich so auf, daß man von drüben das Paket am Boden nicht sehen konnte; er machte jetzt keinen Lärm mehr mit seinem Stock, sondern schwenkte ihn im Kreis und betrachtete drüben die Gärten der Brauerei, die sehr schön waren. Er hielt dabei den Kopf etwas schräg und zurückgebeugt, so daß jedermann erkennen konnte, wie arglos er sich gab, und daß seine Gedanken eher irgendwo in ferner Höhe weilten, in den Baumwipfeln etwa, keinesfalls aber am Boden. Wer dachte an irgendein Paket? Niemand.

Die Frau drüben war vorüber. Der Herr zog nun sein Taschentuch, schneuzte sich sanft und ließ es fallen. Es sank dicht neben unser Paket, und als er sein Tuch aufhob, war auch das Paket am Boden verschwunden, und beide wanderten nebeneinander in die Seitentasche des Überrocks. Wo sonst unsere Herzen schlugen, flackerte ein Stück Fegefeuer. Anni kniff mich schrecklich.

Jetzt setzte der Herr sich langsam in Bewegung und schritt weiter, nachdem er zuvor die Fenster des Hauses flüchtig mit einem Blick gestreift hatte, aber nur parterre. Ich zog den Faden kräftig an; man sah, wie der Mantel sich seitlich von der Tasche her hob, und sein Träger blieb stehen, als ob der Boden ihn festgesaugt hätte.

Er krümmte sich langsam seitlich nieder, so daß er wie ein Flitzbogen dastand, den erstarrten Blick auf seine Tasche gerichtet und dabei den Kopf auf langem Hals ab- und emporgereckt. Sehr hoch kam er mit dem Kopf; man sah, es grauste ihn fürchterlich, und er konnte noch nicht richtig nachdenken.

»Zieh!« flüsterte Anni. »Vielleicht springt er. Dann laß locker, damit das Paket auf die Erde fällt.«

Ich machte im Rausch von Qual und Entzücken einen kurzen Ruck, und unser Päckchen schnellte aus der Rocktasche des Entsetzten und rollte ihm vor die Füße. Er sprang zurück, hob seinen Stock gewaltig und hieb kräftig zu, sichtlich mehr aus Angst und Schreck, als etwa, um zu vernichten oder zu töten. Er war deutlich ganz außer sich geraten und konnte nicht so rasch die Aufklärung finden.

Sein Stock hatte nicht getroffen, es knallte nur hell auf den Steinen, und ein dumpfer Laut voller Zorn und Widerwillen unterrichtete uns über den Zustand seines Gemüts. Wir hatten uns jetzt doch zurückgezogen und schauten durch den Spalt des Ladens, vorsichtig, zitternd und ganz heiß vor Vergnügen. Unser Opfer nahm Abstand von dem Paket, etwa drei Schritte, starrte es an und wartete, den Stock fest in der Hand und etwa in der Aufstellung, die man vor einer geöffneten Rattenfalle einnimmt, wenn man dem Ausbruch des Tiers entgegensieht. Es lag so still und arglos da, das Päckchen.

»Pst …«, machte Anni, das hieß, daß ich nichts tun sollte, und ich tat nichts.

Da erschollen Schritte, und aus der anderen Richtung kam eine ältere Dame langsam den Bürgersteig entlang, so daß sie unserem Herrn und dem Paket begegnen mußte. Sie trippelte fürsorglich und lebensvorsichtig und trug am Arm neben ihrer Tasche einen braunen Puff, ein dickes, rundes Kissen, das sie brauchte, um überall weich zu sitzen, wo sie sich niederließ. Mehr konnte ich nicht feststellen; wir fühlten oben beide, daß wir in eine Notlage geraten waren, denn bestimmt würden jetzt gleich zwei Leute vor dem Paket stehen und bald viele, mit besseren Augen, darunter womöglich ein Schutzmann. Trotzdem verharrten wir gebannt an unserm Posten.

Unten erklang eine zarte, helle Stimme: »Ihr Paket, mein Herr. Sie haben ein Päckchen verloren.«

»Nichts da«, stieß ein rauher Baß gegen sie vor, »wieso Päckchen? Ich besitze kein Päckchen und habe keins besessen – niemals!«

»Aber da liegt es doch, und Sie stehen davor.«

»Es wird wohl noch erlaubt sein, vor einem Paketchen zu stehen!«

»Gewiß doch … So hat es wohl ein anderer verloren. Legen Sie Wert darauf?«

»Wie käme ich dazu? Ich bitte zu bemerken, daß ich keinerlei Wert auf das Eigentum anderer lege.«

»Man könnte ja einmal hineinsehen«, sagte die Dame zögernd, nach einem etwas erstaunten Blick in das gereizte Gesicht des Herrn, der immer noch seinen Stock fest umklammert hielt und eine Abwehrstellung innehatte.

»Ich warne Sie …«

»Aber wieso denn?« meinte die ältere Dame lächelnd. »Ist es ein Gegenstand von Wert, so kann man ihn ja abliefern.«
Sie bückte sich ruhig, löste die blaue Seidenschleife, ohne etwas von dem Faden zu bemerken, und zögerte nur noch einen Augenblick, als der Herr auffällig rasch zurücktrat.
»Was ist denn? Sie sehen ja, Papier ... nichts als das.« Sie ließ die Fetzen zu Boden flattern und sah ihnen prüfend nach, dann raffte sie sich plötzlich, wie nach einem jähen Einfall, ziemlich brüsk auf, musterte den Herrn eindringlich und sagte in einer höheren Stimmlage als bisher: »Sie haben sich einen unpassenden Scherz mit einer Dame erlaubt, mein Herr.«
Anni flüsterte: »Laß los! Laß den Faden los.«
Sie zog mich zurück und schloß leise das Fenster. Von unten herauf hallten noch eine Weile die erregten Stimmen, dann hörte man hastige und kurze Schritte, die nach zwei Seiten hin verklangen: ein derber mit Stockbegleitung und ein zarter ohne.
»Gott sei Dank!« stieß ich hervor.
Anni meinte: »Schade um das Paket, wir müssen ein neues machen; aber vorher will ich den Faden unten und das Papier holen.« Sie war schon draußen.
Wenn man Annis und meine Auffassung zusammentat, gab es gewöhnlich ein Bild des Ganzen. Galt es, jemandem etwas am Zeug zu flicken oder jemandem einen Streich zu spielen, so war sie sachlich wie eine Nähnadel, tat das Erforderliche mit kalter Entschlossenheit und tröstete zum Schluß noch gar den Geschädigten mit Wärme. Sie war bereits ein Charakter, während sich bei mir noch keinerlei Ansätze zu einer Entwicklung in dieser Richtung zeigten. Ähnlich ist es geblieben.
»Der Faden war durchgerissen«, teilte Anni mit, als sie zurückkam, »vielleicht vom Stock oder als das Paket aus der Tasche sprang. Deshalb haben sie nichts gemerkt. Schön ...«
Das neue Päckchen war rasch vollendet; als sich unten die Straße leer zeigte, warfen wir es an einem neuen Faden hinab.
»Herrlich liegt es, aber kneif nicht wieder.«
»Ich hab nicht gekniffen«, antwortete Anni.
Natürlich nicht! Ich mußte ihr jetzt erst die blauen Flecke an meinem Arm zeigen, damit kein Streit ausbrach, und streifte den Ärmel hoch. Leider ließ sich nur ein kleiner roter Fleck auftreiben, und Anni sah kaum hin. Am oberen Bein, mehr hinten, wollte ich den Beweis

nicht antreten, obgleich dort die schweren Verletzungen vorlagen. Wir waren auch jetzt beide ruhiger geworden, die erste Erregung hatte sich gelegt und größerer Besonnenheit Platz gemacht, dem Willen unserer Beschäftigung mit Achtsamkeit nachzukommen.

Diesmal kam eine jüngere Dame den Weg entlang, hübsch hell gekleidet und von heiterem Aussehen. Sie sah unser Paket, bückte sich unbefangen und hob es auf, ziemlich dicht bis vor die Augen – wahrscheinlich war sie kurzsichtig.

Ich zog, und das Paket sprang ihr aus der Hand. Die Dame stieß einen Schrei aus und lief davon, ohne sich auch nur ein einziges Mal umzusehen. Sie wollte dies Paketchen nicht und lief so rasch, daß man kaum die Bewegungen ihrer Beine verfolgen konnte; es sah aus, als ob sie rollte, ganz steil und blitzschnell. An der nächsten Straßenecke verschwand sie, so jäh, daß ich glaubte, sie müßte bei der Kurve umschlagen.

»In diese Straße hat sie gar nicht gewollt«, meinte Anni, »sie hat nur Angst gehabt, das Paket liefe ihr nach. Schön.«

Unten hallten wieder Schritte, ach, das war ein Tag nach dem Herzen Gottes! Wir verhielten uns beide, als der Herannahende deutlich in unser Blickfeld geriet, ziemlich ruhig und etwas betroffen, denn diese Erscheinung wirkte ganz anders auf uns als die vorangegangenen, und ich dachte schon daran, das Paket lieber rasch heraufzuziehen. Das konnte uns niemand verbieten, einen Gegenstand an einem Faden zum Fenster heraufzuziehen, nur so … einfach, weil wir gerade einen Faden hatten – aber ich tat es nicht und ließ dem Schicksal seinen Lauf, obgleich Anni nachdenkliche Beachtung der Lage zeigte und etwas wie heimliche Besorgnis.

»Nur Mut«, flüsterte sie, aber sie sagte es deutlich auch sich selbst.

Inzwischen hatte sich der Herr unten genähert; wir zogen uns so weit als möglich zurück, Anni kniff diesmal nicht. Wir sahen einen weichen, eigentlich netten Hut, darunter hätte ein junger Pfarrer Platz gehabt, aber es war kein Pfarrer, denn die Züge zeigten sich heiter und glücklich. Das Alter dieses Mannes ließ sich schwer bestimmen, sein Gesicht, glatt rasiert und fein, gefiel uns wohl. Die Hände ruhten auf dem Rücken, er spazierte ohne Eile und ging ein klein wenig gebeugt.

Jetzt sah er unser Paket, und das Schreckliche geschah: Er berührte es weder mit dem Fuß noch hob er es auf, sondern er blieb stehen, wandte sich langsam nach oben, schaute uns an und lachte.

Das war furchtbar, und wir hingen beide am Fenster, wie geblendet durch diese klaren, klugen und eindringlichen Augen; keiner von uns brachte die Kraft auf, zurückzuspringen, es kam zu unerwartet und plötzlich.

Für eine arme Seele, die in den Kurzschluß eines jähen Ereignisses gerät, ist ein Eisenbahnunglück anfänglich nicht schlimmer als das Stolpern über eine Teppichfalte, und der donnernde Ausbruch des Vesuvs, der Städte verschüttet, ist zunächst nicht grauenhafter als ein kleiner unterirdischer Leibeston, der in Gegenwart ehrengeachteter Persönlichkeiten besser lautlos vonstatten gegangen wäre.

Und nun geschah das Wunder, daß unten das Lachen anhielt, so daß ich plötzlich das Gefühl hatte, ein sehr netter Junge zu sein. Anni funkelte hinab wie ein kleines helles Tier, sonderbar aufmerksam und wach.

Der Herr war etwas vom Haus zurückgetreten, um unbeschwerter zu uns beiden heraufschauen zu können, und hatte jetzt unser Paket in der Hand. Mit der anderen griff er in seine Westentasche, holte etwas hervor, das blinkte, schob es in die Spalte des Päckchens; er faltete es sorgfältig in das Papier ein, dann hob er es uns entgegen und rief:»Jetzt zieht!«

Ehe wir es wagten, setzte er sich wieder in Bewegung, winkte zuvor gütig zu uns empor, wobei er sogar seinen Hut ein wenig lüftete und ihn leicht und fröhlich schwenkte. Er schritt ungemein freundlich davon. So freundlich habe ich im Leben niemals wieder jemanden davongehen sehen.

Wie das Paket wieder zu uns emporgekommen ist, weiß ich nicht mehr, nur, daß es sehr rasch geschah. Wir schonten es oben eigentlich nicht besonders, und aus seiner Hülle sprang ein Markstück hervor, hüpfte klingend über den Boden und legte sich am runden Fuß von Tante Eukaresties Wäscheschrank nieder, blank und still und tatsächlich.

Anni holte es, und wir beschlossen es zu teilen, wie einst Pile Trak und Kluge ihre Beute geteilt hatten.

»Siehst du!« rief Anni.

Ich verstand sie sofort; die Welt war herrlich, und in Annis hellbraunen Augen unter dem blonden Haar stand strahlend die Zuversicht, daß nichts im Leben sich besser auszahlt als das Glück.

# Zehntes Kapitel

## Der Endesunterfertigte

Da wieder Sommer geworden war, vergaß ich alles Bedrückende und so auch mich. Der Schritt der Zeit, von Uhren und Menschenbefehl gemessen, erklang nicht mehr, und die Bedrängnis zerging im Himmelsblau wie eine Wolke, die der Sonne entgegenzieht. War nicht diejenige Zeit meiner Kindheit die glücklichste, von der ich nichts mehr weiß? Alle Erinnerung, auch die schönste, ist heimlich an das Leid gebunden.

Diesmal besaß ich sogar etwas Geld für die Ferienwochen, eine für mich beträchtliche Summe, da ich viele von Tante Eukarestis alten Briefmarken an Benno Stern geliefert und mein Taubenpaar mehrere Male günstig verkauft hatte. Diese Tiere kamen immer wieder zu ihrem alten Besitzer zurück, wenn man dem neuen mitteilte, daß er nach zwei Tagen unbesorgt seinen Taubenschlag öffnen könnte.

Es war aus diesem Grund möglich, einen niedrigen Preis anzusetzen, der raschen Absatz ermöglichte; es kamen immer wieder Knaben vor, die Tauben haben wollten und deren Eigenschaften noch nicht kannten.

Erst als ich meine Tauben unserem Schuster überließ, um den Betrag für ein Paar neugesohlte Stiefel für mich behalten zu können, blieben sie aus, und der Alte lächelte ziemlich sonderbar, als ich nach vier oder fünf Tagen kam und die armen Tiere bedauerte, die er eingesperrt hielt. Später hat er sie sich braten lassen; man findet im Volk nur selten Verständnis für die Eigenschaften und den Wert der Rassetiere.

Immerhin, ich war mit Geld versehen, und mein Gewissen schlug leicht, weil ich jetzt den früheren Käufern meinen Taubenschlag öffnen konnte und zeigen, daß er leer war. Das Herz ging kühl und rein, und ich schaute die Mißtrauischen mit stillen, traurigen Augen an, so daß sie mir die Hand schüttelten. Nach dem erlittenen Verlust ist man immer um einen Grad ehrenwerter als nach einem eingestrichenen Gewinn. Ich schrieb an Onkel Theodor um neue

Brieftauben, weil er doch bei uns wohnen konnte, wenn er in die Stadt kam; das erwähnte ich, aber er antwortete mir nicht mehr, seit Veronika bei uns zu Gast gewesen war.

Ja, so boten sich die Kieselsteine auf dem Weg oder die Kohlweißlinge an den Tagesblumen der kleinen Erlebnisse dar, mit denen das Dasein im Helldunkel dieser Zeit dahin und voran trieb. Was sich aus dem lieben dämmrigen Wirrwarr dieser Tage emporhebt und mir deutlich sichtbar geblieben ist, was dieser Zeit ihr Gepräge gibt, ihre Atmosphäre und ihr Lebensrund, ist Friedel Domdegen. Es muß zu Beginn dieses Sommers gewesen sein, daß er seinen Verkehr mit uns begann, und stets, wenn eine Seele deutlich wird, so erhellt sich auch das Umland, durch das sie geschritten ist, die Räume, die sie mit uns bewohnt, und das Stück Leben, das sie mit uns durchmessen hat.

Friedel Domdegen hatte sich meiner bemächtigt, weil er mich beneiden, lieben und kränken wollte. Er war ein rundlicher, nicht sehr großer und schweigsamer Junge, von zäher Beharrlichkeit allem gegenüber, das ihm erstrebenswert erschien. Ich mochte ihn nicht besonders, denn er war alles andere als schön, jedoch ließ ich mir seine offenkundige Anteilnahme gefallen. Wirklich lieben konnte ich damals nur Menschen, deren Schönheit mich überwältigte, auf Charakter legte ich nicht den geringsten Wert. Es war eine Art Neugier, die mich zu Friedel Domdegen hinzog, der Hang, ihn zu beobachten, und vielleicht auch die erregende Tatsache, daß ich im Spiegel seiner Augen und Handlungen mir selbst in einem neuen Licht entgegentrat.

Sein Vater verdiente sich den Lebensunterhalt als Tierarzt, und seine Mutter betrieb ein Milchgeschäft in der Hafengegend. Der Tierarzt machte nur geringen Eindruck auf mich, weil mein eigener Vater Arzt war, jedoch das Milchgeschäft gefiel mir, es war ein weiß ausgekachelter Kellerraum, sauber und blank und voll nahrhaften Duftes.

Friedel erzählte mir eines Tages in der Schule von diesem Geschäft, er machte mir damit nach seiner Meinung das Geständnis eines schmachvollen Geheimnisses, es wußten es aber alle in der Klasse, und Friedel tat auch nicht so, als ob es ihm schmerzlich sei: »Hast du eine Ahnung, was heute mit Milch zu verdienen ist!«

Nein, ich hatte diese Ahnung nicht, bestätigte ihm aber fröhlich solche Möglichkeit, zu Reichtümern zu gelangen, denn es drückte

Friedel offenbar wie ein Makel, daß seine rothaarige Mutter Milch verkaufte. Er nahm mich nach großem Entschluß und deutlich beklommen und voll heimlicher Warnung eines Tages mit in den Milchkeller, als habe ich dort die letzte Prüfung meiner Gesinnung zu bestehen. Seine Mutter empfing mich ohne solchen Seelendruck und freundlich, offenbar schätzte sie den Milchhandel. Sie schenkte mir zwei Harzer Käse, die ich leider für lange in meiner Tasche vergaß.

Friedel hatte die roten Haare seiner Mutter geerbt, die kleinen grauen Äuglein saßen tief eingebettet unter der runden Stirn, und sein Kinn zeigte bereits Flaum, der sich um den Hals herumzog und im Nacken wucherte. Da er stark war, genoß er etwas Achtung in der Klasse, jedoch im allgemeinen sah man auf ihn herab, und er mußte sein geringes Ansehen ununterbrochen behaupten und wiederherstellen, was er verbissen tat. Sein gestoßenes Herz klopfte zwischen Rangstreit, Mißgunst, Anmaßung und tiefer Niedergeschlagenheit, und wenn ihm Zufall oder Umstände, vielleicht gar eine besondere Leistung, einen Lebensvorteil oder eine Auszeichnung verschafften, so pochte er darauf wie ein Specht.

Merkwürdig, immer wenn es mir schlecht erging, wenn ich gefährdet, unerwiesen oder von den Lehrern verfolgt dahinlebte, zeigte er sich als mein Freund und Helfer, er wich dann nicht von meiner Seite und brachte erstaunliche Opfer, die die Grenze der völligen Selbstentäußerung erreichten; ging es mir aber gut und hatte ich auf irgendeinem Gebiet Erfolg, so verwandelte er sich völlig, änderte seine Haltung entschlossen und befehdete mich grausam – ein Wechsel der Einstellung, wie ich ihn im späteren Dasein nur noch bei meinen Kritikern beobachtet habe. Leider waren nicht sie es, die ertranken, sondern Friedel Domdegen.

Es ist sonderbar deutlich gewesen: Er war vom Anfang unserer Beziehung an vom Tode verfolgt. Wir hatten im Hof seiner Mutter eine Schaukel eingerichtet, die von uns an einer schweren Eisenstange befestigt worden war. Diese Stange hoben wir auf die Dachränder zweier kleiner Schuppen; sie war so kurz, daß sie die Dachrinne zur Rechten und Linken nur eben erreichte und keine zwei Finger breit darauf ruhte, so daß sie gewöhnlich schon beim Anschwingen mit der Schaukel herunterkam. Einmal schlug sie Friedel Domdegen die Mütze ab, so hart an der Stirn, daß er taumelte, er lachte befangen und sah mich eine Weile leeren Blicks mit großen Augen an, als müsse er die Welt neu begreifen. Wir ließen diesen Sport und erkannten erst jetzt, wie gefährlich er gewesen war, denn die Eisenstange war fingerdick.

Friedel sagte: »Siehst du, was ich für ein Glück habe?!«

Als ich ihm mein Terrarium zeigte und ihm mitteilte, daß ich heimlich Kreuzottern darin hielt, lachte er ungläubig und hob den Glasdeckel auf, bevor ich es zu hindern vermochte. Ich sehe noch heute, wie sich das schönfarbige, feuchte Knäuel aus dem Moos- und Laubwinkel hervor schreckhaft regte und der wildäugige Kopf, wie auf einem aufzuckenden Strahl, Friedels Hand antickte, sanft und rasch, als sei es nur eine übereilte Erkundung.

Er wurde in die Hand gestochen und mußte ins Krankenhaus, aber dort erzählte er, daß ihn das Unglück im Meinersdorfer Moor betroffen habe; er verriet mich nicht, niemals würde er mich in dieser Lage preisgegeben haben. Der Eindruck, den ich ihm mit solchen Gefangenen und ihrer Pflege machte, die Tatsache, daß ich selbst niemals von einer Otter gebissen worden war, verpflichtete ihn zu einer Bewunderung, die er nicht durch einen Verrat zerstört oder entwertet hätte, weil er allein es war, der davon wußte, und ich der Schlangen wegen sonst von niemandem anerkannt wurde.

Als ich ihn im Krankenhaus besuchte, hob er mit der linken Hand den geschwollenen und verbundenen Arm, zeigte ihn mir stolz und lächelte aus seiner Genesung heraus siegesgewiß und triumphierend: »Was ich für ein Glück habe; jeder andere wäre abgekratzt, auch du!«

Im Spätsommer dagegen, als ich einen Preis beim Schwimmen errang, machte er die Aussage, ich hätte die letzte Boje nicht umschwommen und so den Wasserweg zum Ziel abgekürzt. Es ist möglich, daß es sich so verhielt, wie soll ich das heute noch wissen, aber es war nicht Rechtlichkeit bei Friedel Domdegen, sondern Neid. Das Richterkollegium glaubte ihm nicht, weil er rote Haare hatte. Ich selbst sagte nichts, das kränkte ihn am meisten, denn er wartete, bleich vor Erregung, den ganzen Heimweg hindurch auf meine Wut.

Ich steckte ihm den Preis, die kleine Kupfermedaille, auf der ein Neptun abgebildet war, heimlich in die Tasche. Hätte ich das doch nicht getan. Es wäre besser gewesen, ich hätte ihn beschimpft. Es gibt eine ganz scheußliche Art von Anständigkeit, man nannte sie damals in den Kreisen unserer Erzieher »Edelmut«. Der Teufel soll ihn holen. Ein wahrhaft edelmütiger Mensch hätte einfach »Schwein« gesagt. Friedel interessierte sich nicht ehrlich für die Dinge meines Daseins, sondern nur dafür, wie ich sie erlebte. Tiere mochte er nicht leiden, und an meinen Streifzügen ins Moor, in die Wälder oder am Strand der See dahin nahm er nur teil, weil er mit mir zusammen sein wollte und die Hoffnung nicht aufgab, ich möchte doch noch lernen, mich, als für ein wahres Lebensgebiet, für die Güter der neuzeitlichen Zivilisation zu entscheiden. Er schätzte sie sehr, man sah es daran, vor welchen Läden er stehenblieb. Möbelgeschäfte und Herrenschneider mit Auslagen fesselten ihn am meisten, auch lederne Reisekoffer mit Messingverschlüssen und alle Arten von Schmuckgegenständen.

Vor einem Juwelengeschäft konnte er die Schulstunden versäumen, rechnete sich die Werte der Gold- und Silbergeräte mit den Fingern an der Scheibe aus, addierte aufgeregt, geriet in Schweiß und stöhnte heftig. Um alles in der Welt hätte er gern einen Ring besessen.

Ich sagte es meiner Mutter, die gerne anhörte, was die Knaben anging, die mit mir verkehrten, und sie schenkte ihm einen Ring aus ihren Beständen, es war ein kleines Schmuckstück mit Granaten aus ihrer Mädchenzeit. Friedel taumelte und verneigte sich wie ein Behexter, so daß ich ihn schrecklich verachtete.

Er liebte meine Mutter sehr; ich sah es daran, daß er ihre hohe und immer maßvoll bewegte Gestalt oft in das Blickfeld seiner Augen nahm wie eine Heilige, so daß wieder ich ihn anstarren mußte, aber es gefiel mir nicht. Ich glaube, er verehrte sie hauptsächlich deshalb, weil sie keine Milch verkaufte. Er schrieb ihr einen Dankesbrief auf rosa Papier, das mit bunten Blumen bedruckt war, ein Dokument, das meine Mutter mit so sonderbarem Gesichtsausdruck in ihrem Nähtischchen barg, daß ich nicht erkannte, ob sie darüber lachen oder weinen mußte. So verschaffte ich mir diesen Dankesbrief, in dem er sie mit »Hochtrabende gnädige Frau!« anredete und sich selbst »der Endesunterfertigte« nannte, ohne seinen Namen preiszugeben.

Besonders wenn schlechte Laune oder Betrübnis Friedel plagten, kam ich mir ihm gegenüber schuldig vor und suchte dann gewöhnlich Streit, damit er auch in Schuld geriet. Mitleid befiel mich selten und immer nur dort, wo niemand es erwartete, auch ich nicht. Sonst haßte ich alle Menschen, die ihre Bedürftigkeit oder ihren Kummer an den Tag legten oder zur Schau trugen, und scheute weder Lüge noch Betrug, wenn es galt, einen eigenen Notstand zu verbergen. Meine Mutter wußte das; wenn Anni es wußte, prügelte ich sie. Ihr Herz hat ihr in dieser Zeit meines Lebens mehr Püffe eingetragen als ihre Untugenden.

Es ist wahr, ich bin nie zärtlich gegen sie gewesen; das kam daher, daß ich sie liebte. So hoch und wertbewahrend wirkte in mir meine Liebe, daß ich nicht glaubte, es könnte ein Mensch betrübt oder bedürftig sein, der sie besaß. Ich schenkte Anni nie etwas und hätte doch nichts nennen können, das ich ihr nicht gegeben hätte. Mein Leben? Sofort! Aber es bot sich keine rechte Gelegenheit dazu. Auch dafür bekam sie Prügel.

Friedel hatte dafür kein Verständnis, trotzdem nahm ich seine Liebe an; nicht, um sie zu besitzen oder zu benutzen, sondern weil ich ihn darüber als freier und glücklicher empfand. Später nannte er mich eines Tages falsch. Das muß sich der Stärkere gefallen lassen, und er tut es. War ich denn der Stärkere? Es gibt so viele Welten als Regionen des Seins, der Wirkung und des Erleidens, auch damals gab es sie schon. Endlich schließt jemand sie für uns Ratlose zu einem stillen Bild zusammen, ich lernte diesen Fremden durch Friedel Domdegen zum erstenmal kennen.

Es war Winter geworden, und die Freuden des Lebens begannen, wenn mich des Morgens in der Frühe der Schneegeruch an der Haustür empfing. Alles lag in weißlicher Dämmerung, hier und da auf der Straße brannten noch Laternen, und Anni, mit der ich ein Stück Schulweg gemeinsam hatte, trug einen Mantelkragen und eine Pelzkappe, so daß sie wie eine kleine Dame aussah. Das machte mich stolz.

Die Volksschüler warteten mit Schneebällen an den Straßenecken, und in der Pause begannen die Schlachten auf dem Schulhof. Die Obertertia wurde zu einer Horde von Verruchten, unsere Untertertianer waren Helden; die Quarta stand zu uns, die Quintaner, Verräter von Geburt und Abstammung her, hielten zur Obertertia. Zuweilen mischte sich die Untersekunda in einzelnen noch junggebliebenen Exemplaren ein, die einen Stoßtrupp führten, wenn die eingeschlossene, bedrängte Armee nicht mehr aus dem Hofwinkel herauskam und in Gefahr war, vernichtet zu werden. Die Greise der Prima schauten uns in Gruppen zu und lächelten die Lehrer verständnisvoll an, grau und scheußlich.

Ich hatte Friedel Domdegen darüber unterrichtet, wie man es anstellte, mitten aus dem Schlachtgetümmel heraus einen Schneeball so zu werfen, daß er einen mißliebigen Lehrer traf, ein verirrtes Geschoß. Aber Friedel konnte nicht treffen, so lag diese Last allein auf mir. Es war sein Verhängnis, daß er alles ohne Geschicklichkeit versuchte und durchführte; sein stumpfer Tatendrang stand niemals in der Spannung eines fröhlichen Glaubens, und seine Bedächtigkeit trat ohne Vorsicht auf den Plan. So befand er sich immer zu seinem Nachteil an der Spitze und zu seinem Verdruß im Hintergrund. Die Mitte, in die er gehörte, verachtete er, und da ich selbst nichts so eifrig mied als jene Mitte, die sein Bereich war, verdrängte ich ihn aus seiner einzigen Sicherheit. Wenn ich jemals einen Menschen schuldlos auf dem Gewissen gehabt habe, so ist es Friedel Domdegen gewesen; ich bin auch schuldig an seinem Tod, aber nicht anders, als dein Lachen schuld am Kummer eines Menschen ist, der nicht fröhlich zu sein vermag.

Es wurde ein so strenger Winter, daß der Hafen zufror, was nicht oft vorkam. Wir machten auf Holzschlittschuhen mit niedrigen Eisenleisten rasche Ausflüge am Ufer entlang und oft weit auf das Gebiet des Kriegshafens hinaus. Jedoch die große, wilde und schreckliche Freude dieses Tages bestand in etwas ganz anderem. Um die Ein- und Ausfahrt der Schiffe zu ermöglichen, die das offene Meer oder den Handelshafen erreichen wollten, brach ein schwerer Dampfer oder ein Kriegsschiff in der Morgenfrühe das Eis auf, so daß eine breite Fahrrinne entstand. In dieser Wasserstraße schwammen, in größere und kleinere Eisinseln zerbrochen, die grauen Schollen der zerstörten Decke, und es galt unter uns Knaben aller Volksschichten als der vornehmste und kühnste Sport, über diese schwimmenden Schollen dahinspringend, von einem Eisufer zum anderen zu gelangen. Es war streng verboten, und die Hafenpolizei wachte mit Sorgfalt und grausamen Eingriffen, jedoch sie vermochte bei der Weite des Gebiets und besonders in der Abenddämmerung nicht zu hindern, daß die zu Taten Entschlossenen ihr tollkühnes und althergebrachtes Sportrecht ausübten.

Wir hatten uns mit langen Stangen ausgerüstet, die nicht auffielen und unsere Absichten nicht verrieten, da sie, mit Spitzhaken versehen, auch dem Antrieb der niedrigen Schlitten dienten, auf denen man stehend mit weit ausholenden Stößen dahinsauste. Diese Stangen brauchten wir beim Überqueren der Wasserstraße zum Heranziehen und Anordnen der Schollen, soweit dies möglich war, wie auch als letzte Rettung im Fall eines Abgleitens von einer Scholle, oder falls einmal eine Eisinsel sich als zu dünn erwies, um zu tragen. Auch geschah es, daß eine Eisecke abbrach.

Die nicht große Schar der Helden, die hier mit unerhörter Kühnheit und knabenstolzer Todesverachtung voranging und vorbildlich wirkte, setzte sich aus allen Schichten der Bevölkerung zusammen, jeder Unterschied der Stände verwischte sich völlig, das Alter spielte keine Rolle mehr, und der Ruhm der Besten verbreitete sich in allen Knabenschulen. Man stand füreinander ein, schützte und half sich, lockte die Hafenpolizisten von den Verfolgten ab und vergaß Schule, Gott und Vaterland über der süßen und grausigen Leidenschaft, immer dicht vor dem Tode her, zehn Meter drüben, wieder das Leben zu erhaschen.

Das schwarzgrüne, eiskalte Meerwasser schreckte das Auge nicht, die ausgewählte oder zurechtgerückte Inselstraße der Schollen zwang dämonisch lockend zum ersten Satz auf die erste Scholle. Ein Zurück gab es nicht mehr, denn die Eisstücke trugen nicht länger als der rasche Aufschlag des flüchtigen Fußes brauchte, um Schwung für den nächsten Halt zu erlangen, und wehe, wenn ein Stückchen Eisboden sich als zu schwach erwies, als in der Entfernung falsch bemessen, oder wenn der Fuß ausglitt.

Friedel Domdegen wollte mitmachen. Mürrisch entschlossen und von Neid geplagt sah er uns, fiebernd vor Ehrgeiz, zu. Ich prüfte, wie ihm die plumpen Stiefel am Fuß saßen, stellte fest, daß er lange Hosen trug, wie ungelenk geborgen er in seinem Mantel dastand, und riet ihm ab. Hätte ich ihn aufgefordert mitzumachen, so wäre er zurückgewichen, aber nun entflammte sein karger, verbissener Stolz. Er blickte mich höhnisch an und lachte verächtlich.

Es war an diesem Nachmittag schon ziemlich spät geworden, die meisten hatten sich davongemacht, und die verhangene Sonne schimmerte wintergelblich über den riesenhaften Dockaufbauten der Werft. Wir waren weit draußen, der kalte Ostwind wehte aus den Schieferfarben der Meeresdämmerung, und man sah nur noch wenig Gestalten auf dem Eis, klein und schwarz, bewegt, als würden sie träge geschoben.

Friedel war glücklich hinübergelangt. Wir hatten ihm die Schollen zurechtgerückt; es war ihm einmal gelungen, aber jetzt mußte er zurück. Ich sah ihn am anderen Ufer stehen und rief ihm zu:

»Warte, ich komme hinüber. Wir gehen dann über Ellerbeck, um das Horn herum, zu Fuß.« Das waren zwei Stunden Wegs. Nein, er wollte nicht. Wir berieten noch eine Weile von Eisufer zu Eisufer über die beste Schollenstraße, aber meine Stange reichte nicht weit genug hinüber, um ihm drüben die Schollen zurechtzufügen, und er hatte keine. Jetzt bot sich ein deutlicher Zickzackweg; ich wies ihn ihm an, aber mir war plötzlich, als säße mir ein Stück Eis an der Stelle des Herzens in der Brust. Friedel war losgesprungen, jedoch zögernd, suchend, den Weg nicht im Auge, das Gelingen nicht im Körper, das sichere Eisufer vor sich nicht als Glauben im Blick. Ich fühlte das alles, ohne es klar zu wissen, wie heute, aber ich empfand alles Kommende deutlicher, als mich heute noch ein Gefühl bei Gefahr aufklärt. Friedel kam bis über die Mitte; ich sehe noch heute den plumpen Tanz und die hilflos aufgeworfenen Arme. Dann öffnete sich ein schwarzgrüner Spalt vor ihm, und ich erkannte, wie er zögerte. Zögern ist der halbe Tod, denn die meisten Schollen tragen nicht.

»Rechts!« brüllte ich. Aber rechts und links waren für uns nicht dasselbe. Er sprang mit schlechter Körperdrehung auf eine viel zu kleine Scholle links, die sofort nachgab, so daß ich ihn für einen Augenblick mit einem zu kurzen Bein vor mir sah, noch aufrecht, aber schon ohne Kraft, sich erneut Schwung zu geben. Er erreichte noch das nächste große Eisstück, jedoch schon halb im Wasser, grauenhaft langsam und so, wie man todmüde eine zu hohe Stufe ersteigt. Die gewonnene Scholle neigte sich träge, hob sich aber an der anderen Seite nur wenig, da Friedels Fuß auf der kaum geschrägten Fläche abglitt.

Bis hierher ging meine Kraft, deutlich zu beobachten und klar zu unterscheiden, was geschah und wie es sich zutrug. Dann verwischten sich mir die Einzelheiten des Geschehnisses bis auf ein einziges letztes Bild. Friedel muß dicht an dem Eisufer abgesunken sein, an dem ich stand, es ist aber auch möglich, daß ich ihm auf eine große Scholle, die mich trug, entgegengesprungen bin, um ihm zu helfen. Ich muß zuletzt gelegen haben, flach gelegen, denn meine Arme, die ihn nicht mehr erreichten, befanden sich im Wasser, und mein Kinn stützte sich auf das Eis.

Ich erblickte Friedel unter mir in sanften, langsamen, großen Bewegungen im dämmrigen Wasserlicht, ganz vertieft von Hilflosigkeit. Vielleicht sah er meinen Kopf noch über sich, aber ich glaube nicht, obgleich seine Augen weit, weit geöffnet waren, dann auch der Mund, wie ein stumm schreiendes Loch. Hierauf verwischte sich das Ganze, als würde es in grünlichem Glas aufgelöst.

Als ich mich taumelnd und durchnäßt erhob, fand ich mich allein auf der leeren Eisfläche; die anderen waren davongerannt, vielleicht, um Hilfe zu holen, die immer zu spät gekommen wäre. Friedel wurde nie mehr gefunden.

Ich lief dann auch, von der Kälte gejagt, weshalb und wohin berührte mein Bewußtsein nicht. Nur eines weiß ich noch, daß ich später, schon am Ufer, bei der Barbarossabrücke haltmachte, das Schloß vor mir und weiter fern, im westlichen Grau des Winterhimmels, den bleifarbenen Schattenriß der Stadt. Ich sah dies längst gewohnte Bild, als erblickte ich es zum erstenmal und zugleich gewissermaßen im Leid und Zauber eines denkwürdigen Abschieds. Wie war mir denn? Eine neue Zuständigkeit aller Dinge brach an, es schaukelte mich sanft und bedeutend eine erhabene Ahnung, als wäre die Beständigkeit der Dinge nur ein Traum.

Ich war nicht mehr allein. Es begleitete mich einer von jetzt ab und für immer, anfänglich ungewiß und ohne Drohung. Heute schaut er über meinen Stift und lächelt deutbar.

# Elftes Kapitel

## Die Mutter

Ich durfte mit Tante Eukarestie zum Baden über den Hafen fahren; es war am anderen Ufer, bei Neumühlen, eine zweite Badeanstalt eröffnet worden. Morgens hatte ich mich mit Anni geprügelt, so daß sich noch Haare von ihr in meiner Tasche befanden, die ich nicht gut liegenlassen konnte, weil sonst ein Beweis daraus wurde. Die Kratzwunden an meiner Wange sah man kaum noch, und mein Schienbein heilte; man merkte es daran, daß der Strumpf klebte.

Anni war besiegt worden, also hatte sie den Streit angefangen. So ist es immer: wer besiegt wird, hat angefangen; man sollte sich gar nicht erst darauf einlassen, darüber zu streiten, wer angefangen hat.

Wir hatten den ersten Dampfer verpaßt, weil Tante Eukarestie in Uneinigkeit mit dem Trambahnkondukteur geraten war; es gab wirklich fast immer Streit in der Welt, und ich sehnte mich nach den Ferien und dem Leben in der Natur. Der Schaffner wollte die Fahrscheine noch einmal sehen; offenbar war er mißtrauisch, und die Tante hatte sie so sorgfältig aufbewahrt, daß sie sich nicht mehr finden ließen.

»Aber ich bitte Sie«, rief die Tante, »hier ist mein Portemonnaie, Sie finden darin zwei Mark und achtzig. Drei Mark hatte ich zu mir gesteckt, es genügt vollständig, obgleich ich anfänglich an fünf Mark gedacht hatte. Bis Neumühlen kostet das Dampfschiff hin und zurück nur ...«

»Ich möchte die Fahrscheine sehen«, sagte der Schaffner.

»Sie merken doch, daß ich sie nur nicht finden kann«, rief die Tante, »das sieht doch jeder. Diese alte Dame dort neben mir hat soeben noch zustimmend gelächelt. Sie wird alles bestätigen.«

Unsere Nachbarin fuhr herum: »Die Jüngste in diesem Wagen sind Sie auch nicht gerade, mein Fräulein«, rief sie. »Nichts habe ich gesehen! Wahrscheinlich werden Sie das Zahlen vergessen haben. Sagen wir einmal ›vergessen‹. So was kommt vor.«

Tante Eukarestie nahm ihre Hände aus der großen Tasche, in der sie wühlte, und rang sie.

»Sie werden Rechenschaft ablegen müssen für eine solche Äußerung«, sagte sie, ganz blaß vor Kummer.

Der Schaffner riß an der Lederschnur, die an der Decke des Wagens angebracht war; die Glocke schlug an, die Bremse zeterte, wir mußten anhalten, weil eine Haltestelle erreicht war, an der niemand wartete. Es stieg auch niemand aus. Als der Schaffner die Glocke wieder gezogen hatte, damit es weiterging, sagte er: »Sie müssen neue Billette lösen, da gibt es nichts.« Er sah jetzt aus wie ein Schutzmann; Schirmmützen sind fast so schlimm wie Helme.

»Aber ich habe Billette gelöst, mein Herr, gleich anfangs. So zählen Sie doch das Geld. Fragen Sie den Jungen. Die zwanzig Pfennige, die nicht da sind, beweisen alles.«

Der Schaffner war gekränkt, weil die Tante ihn »mein Herr« genannt hatte. Einfache Leute in kleinen Stellungen sehen in Höflichkeiten solcher Art gewöhnlich einen versteckten Vorwurf, ähnlich wie sie ein Trinkgeld, das zu klein ist, mit gekränktem Ehrgefühl zurückweisen.

Die Insassen des Wagens begannen, sich mit viel Teilnahme und Vergnügen mit Tante Eukarestie Mißgeschick zu befassen, es wurden allerhand Meinungen laut, und verschiedene Leute gaben wohlwollende Ratschläge. Ich tat nach Kräften so, als ob ich nicht zu Tante Eukarestie gehörte, aber leider hinderte mich mein Mitgefühl daran, ins Unbeteiligte zu entgleiten, zumal der Schaffner ein Rechtsbewußtsein an den Tag legte, das ins Bedrohliche überging.

»Sehen Sie doch noch einmal ruhig in allen Taschen nach«, riet ein freundlicher Herr uns gegenüber, der den Spazierstock zwischen seinen Knien aufgestellt hatte und die Hände über der Krücke gefaltet hielt.

»Taschen!?« fragte Tante Eukarestie. »Ich habe nur diese eine, die Sie vor sich sehen und die ich eben im Begriff war, erneut zu durchsuchen, als ich von jener Dame dort unterbrochen wurde, die ich nicht einmal kenne und die ich auch nicht zu kennen wünsche, das betone ich hier öffentlich. Taschen!? Was wollen Sie damit sagen?«

»Doch, doch«, antwortete der Herr freundlich ablenkend, »dort im Mäntelchen ist eine Seitentasche. Schauen Sie einmal nach, vielleicht ... wer weiß.« Er zeigte mit dem Stock auf Tante Eukaresties Manteltasche, und sie erinnerte sich auch gleich an diese Tasche, als sie sie sah. Es war aber nichts darin. Ich befürchtete, daß auch meine Taschen untersucht werden könnten, und Annis blondes Haarbüschel fiel mir schwer auf die Seele.

Der Schaffner mußte den Wagen wieder halten lassen und sich für eine Weile mit den neuen Fahrgästen abgeben, er sah aber immer schräg zu uns herüber. Ich haßte ihn sehr. Der Wagen füllte sich und setzte sich wieder in Bewegung.

Tante Eukarestie leerte den Inhalt der großen Handtasche langsam auf den Boden des Wagens, so daß ich rot wurde. Sie nahm immer vielerlei Sachen mit sich; nacheinander erblickte man ihr Handarbeitszeug, das ging noch an, obgleich die Stricknadeln sich sträubten. Dann kamen die Pulswärmer zum Vorschein, das Sonntagsblatt, der Proviant, den wir nach dem Bade verzehren sollten, zwei Schinkenbrötchen und eine Tüte mit Kirschen, die sich öffnete, das Futteral ihrer Brille, ein großmaschiges Halstuch, in dem sich, wie in einem Netz, der Taschenkamm, Predis Reservehalsband, die Haustürschlüssel und das Riechfläschchen verfangen hatten. Zwei kleine Päckchen mit Brausepulver in weißem Papier wurden einen Augenblick lang für die verlorenen Billette gehalten.

Kopfschüttelnd und enttäuscht rief die Tante nach dem Schaffner, um sich nach der Farbe der Billette zu erkundigen. »Ich habe es dann leichter, sie aufzufinden«, rief sie.

Der Schaffner antwortete: »An der vorletzten Haltestelle hätten Sie den Wagen verlassen müssen, das war Ihre Station. Nun ist ohnehin eine Nachzahlung erforderlich. Ich bitte darum, jetzt zum letztenmal.«

Die Leute im Wagen begannen zu lachen, gottlob versöhnte das den Schaffner ein wenig, da er glaubte, man nähme seine Partei. Er half sogar beim Einräumen der Tasche. Als sich hierbei zwei Nadeln aus dem Strickzeug völlig lösten, so daß die Maschenreihe klaffte wie ein kleiner verlassener Bogengang, gab Tante Eukarestie den letzten Widerstand auf. Sie erhob sich, und kerzengerade aufgerichtet hielt sie ihrem Bedränger ein Markstück hin.

Da sah ich unsere Billette auf Tante Eukaresties Platz auf der Bank liegen und gab sie dem Beamten, so daß er lachte und uns bei der nächsten Haltestelle freundlich und hilfsbereit aus dem Wagen ließ.

Tante Eukarestie lachte nicht, sondern ging furchtbar rasch; ich wagte nicht, sie zu beruhigen oder zu trösten, es zeigte sich eine so feierliche und traurige Stille in ihrem Gesicht. Obgleich ich fühlte, daß sie kein Recht hatte, die Welt zu verurteilen, von der sie so arg verletzt wurde, war mir doch, als sei sie liebenswerter als alle, deren Geschicklichkeit groß genug war, um Leid und Bedrängnis zu vermeiden.

Ich habe diesen kleinen Vorfall gut im Gedächtnis behalten, weil ich auf unserem Weg zum Dampfschiff und auch später neben der schweigsamen Tante von sonderbaren Gedanken befallen wurde und in einen seltsamen Zustand geriet, der sicherlich mit dem Erlebnis in geheimnisvollem Zusammenhang stand. Ein unbestimmbares und doch mächtiges Verlangen überwältigte mich, es war wie die Sehnsucht nach einem Ausweg aus der Welt. Ein Bewußtsein kam hinzu, als sei früher alles ganz anders gewesen, reiner, lichter und besser, und ich fühlte, daß ich alterte. Ich wollte fort und wußte nicht wohin, man war für so lange Zeit verurteilt zu warten und zu lernen, die Welt der Erwachsenen lockte und quälte zugleich, nicht ganz ernst und nicht für ganz voll wurde man genommen, und darüber wuchs der Sinn dafür, daß die Welt voller Hindernisse, Gefahren und Nöte war, die von selbst kamen und die man am wenigsten dadurch abzuwehren vermochte, daß man sich gut benahm und brav verhielt. Nein, gerade dadurch am wenigsten, man sah es an Tante Eukarestie. Vielmehr mußte man sich in einer Mitte halten und bewegen, was war das für eine Mitte, die ein ruhiges Leben möglich machte?

Ich weiß sie heute noch nicht. Damals geschahen für mich Tage, wie vielleicht jedes Kind sie einmal erlebt, Tage, in denen das innere Wachstum jähe und unerwartete Sprünge der Entwicklung macht, mit deren Bewegung sich vorübergehend eine große Helligkeit der Einsicht verbinden kann, ja etwas wie eine vorzeitige Weisheit, die bei gesunden Naturen rasch wieder versinkt und von neuen Forderungen und Erfahrungen des Lebens überwältigt wird, die wieder ins Ungewisse oder in die wohltätige Dämmerung des bedachtlosen und oberflächlichen Dahintreibens führen.

Die Sage vom Zwölfjährigen im Tempel ist ein hoher und vielbedeutsamer Mythos, er berührt in seinem Sinn diese Zustände und Auflichtungen der jugendlichen Seele und des erwachenden Geistes, deren Schein und dessen Quellen in dieser Zeit noch aus dem

Urboden des Kinderlands, des Paradieses strahlen und fließen und die erste Erfahrung wunderbar beleuchten und spiegeln. Sie sinken wieder in Nacht, aber ich glaube, daß ein Mensch zeit seines Lebens wesentlich nicht mehr und nichts Besseres wird erleben, erfühlen oder vermitteln können als das, was ihn in solchen Stunden des jugendhaften Erblühens bewegt hat oder ihm uranfänglich offenbar geworden ist. Mit dem inneren Absinken solcher Gewißheiten und Ausblicke, solcher Lichtgesichte und heldischer Tatkräfte verbindet sich das erste Leid der Kinderseele, das erste und das entscheidende Leid, der Schmerz, der uns nie mehr verläßt.

Ich erinnere mich gut, daß ich am Abend dieses Tages, als ich mit der immer noch bedrückten und in sich gekehrten Tante heimfuhr, plötzlich begann, zu ihr zu sprechen, und daß ich unter meinen Worten in einen Zustand so hoher Freude geriet, daß ich glühte. Die Tante sah erstaunt auf, hörte mir aber ernst und ruhig zu, weil sie die Seele eines Kindes hatte, und schloß mich in die Arme, als ich steckenblieb und zitternd vor ihr stand. Mein Gott, was mag ich da geredet haben; nicht ein Wort weiß ich mehr, aber glücklicher war ich nie. Sie mußte mich beruhigen, und da sie damit eine Aufgabe vor sich sah, wurde sie wieder heiterer und vergaß ihren Kummer. Sie sprach auch nicht mehr darüber, als sei alles ausgelöscht, und ich liebte sie gewissermaßen still vor mich hin, denn ich fühlte mich aufgenommen.

Ist es nicht so geblieben: die Aussage und die Aufgenommenheit und das Glück über beide? Damals wurde mir zum ersten Male deutlich, daß die Welt nicht völlig in Ordnung sein konnte, auch die der Erwachsenen nicht, und daß auch die Großen nicht so gut Bescheid wußten, als sie den Anschein erweckten oder als sie vermeinten. Es kam für mich eine Zeit des ruhelosen Gefrages, jedoch verstummte ich bald, denn ich merkte, daß alle Antworten entweder leer und erstarrt überall die gleichen waren, als hätten alle Erwachsenen sie fleißig und genau gelernt, oder mit einem Lächeln der Herablassung erteilt wurden. Ich glaube, daß ich meine Kindheit hindurch nichts so inbrünstig gehaßt habe wie dieses Lächeln. Heute noch erscheint der Geist der Verachtung und der Zerstörung mir im Bild des herablassenden Lächelns.

Bei einigem Überlegen, das sich offenbar schon wieder aus den Bereichen paradisischer Einwirkung entfernt hatte, kam ich zu dem Resultat, daß Besitz eine Schutzwehr und Waffe gegen die Heimsuchungen der Welt sein müßte. Ich konnte nicht deutlich feststellen, ob die Begüterten glücklicher und freier dahinlebten, aber augenscheinlich wurden ihre Fehler übersehen, und ihre Handlungsweise unterlag einer anderen Einschätzung. Sie zeigten sich kühler, gelassener und erweckten deutlich den Anschein einer Berechtigung zu fast allem, die eine gewissermaßen wertbeständige Moral mit sich brachte. Diese wertbeständige Moral gefiel mir.

So beschloß ich, zu Besitz zu gelangen, die Regionen der Enthobenheit, in denen er waltete, versprachen mir Freiheit und Ruhe, es mußte im Kleinen wie im Großen sein. Anfänglich zog ich in Betracht, Anni in meine Hoffnungen und Pläne einzuweihen, unterließ es dann aber in der Erkenntnis, daß man weibliche Wesen besser nicht in das gewagte Spiel dunklen Erwerbs zieht. In der Helligkeit, unter den Augen der Erwachsenen, zeigte sich kein Weg. Ich beschloß, Anni später an den Resultaten meiner Bemühungen teilnehmen zu lassen, handeln wollte ich jedoch lieber allein und nahm einen der silbernen Speiselöffel, von denen sich ein gutes Dutzend zum täglichen Gebrauch im Geschirrschrank des Eßzimmers befand.

Es erschien mir nicht klug, diesen Löffel in heilem Zustand in den Handel zu bringen, vielmehr brach ich ihn in der Mitte durch, dort, wo sich der Stiel am dünnsten zeigte, und suchte einen Trödler in der Schloßstraße auf.

Die Firma war mir bekannt, weil wir dort das Zinn eingeschmolzener Flaschenstanniole abgesetzt hatten, ein Geschäft, das mir auf die Dauer nicht zusagte, weil die Sammelarbeit eines ganzen Jahres nur ein paar Groschen eintrug. Es gab zu viele Pfarrer in unserer Verwandtschaft, und auch sie verkehrten ihrerseits zumeist nur mit enthaltsamen Leuten, so daß unsere Beute gering war. Tante Eukarestie wollte ihre Stanniolkapsel nicht herausrücken, weil sie sie für das Rote Kreuz bestimmt hatte.

Da war Silber etwas ganz anderes, und als ich die Kellertreppe zu den Geschäftsräumen des Händlers niederstieg, fühlte ich mich bei dem Gedanken erleichtert, durch das Material in einen höheren Stand der Kaufmannschaft versetzt worden zu sein.

Man fand den Keller am leichtesten, wenn man, bei gutem Wetter, im Dahinschreiten auf den schmalen Bürgersteig niedersah, denn der Händler saß für gewöhnlich vor seiner Treppe und spuckte. Der feuchte Halbkreis um den alten Sessel herum verriet zugleich, je nach seinem Glanz, ob der Alte anwesend oder abwesend war. Zudem unterrichtete den Fremden ein Blechschild, auf dem verzeichnet stand, daß neben allen Arten von Metall auch Lumpen, Flaschen, Möbel und Kleider angekauft und verkauft würden.

Es war ziemlich dunkel im Keller. In einem Winkel brannte eine Petroleumlampe vor einem Schreibtisch, der aussah, als sei die Reisekiste eines Seemannes ausgeschüttet worden. Unmittelbar neben dieser Schutthalde von Trümmern erhob sich schwer und schwarz ein eiserner Geldschrank. Aus den dämmrigen Hintergründen der Räume starrten, phantastisch beschienen, die Halbgesichter und Gliedmaßen von Möbeln und Hausgeräten, Röcke, Mäntel und Hosen, die wie Gehenkte wirkten, und auf einem Teppichhaufen lag eine Katze. Der Alte saß am Schreibtisch und betrachtete einen kleinen Gegenstand durch die Lupe.

»Meine Mutter schickt mich und läßt fragen, wieviel Sie für diesen leider zerbrochenen silbernen Eßlöffel bezahlen würden.«

Ich hatte mein Handelsobjekt sorgfältig in Papier gewickelt und verschnürt. Der Händler öffnete mein Päckchen bedächtig, kaum daß er mich mit einem Blick streifte und ohne sich von seinem Sessel zu erheben.

»Leider …«, wiederholte er in singendem Tonfall, »leider …«

Entweder hatte dieser Mann viel Herz, oder es war mir bei der Offerte ein Fehler unterlaufen. Unsicherheit beschlich mich. Nein, der Handel konnte doch wohl auf die Dauer nicht das Rechte für mich sein.

»Altes, gutes Silber, freilich, freilich …«

»Ja, es ist sehr gutes Silber.«

»Ist es gutes Silber?« Der Alte wandte sich mir jetzt zu, rückte an der Brille und betrachtete mich abscheulich langsam von oben bis unten, eine Maßnahme, die ich bei den Gepflogenheiten der Handelswelt nicht vorausgesetzt hatte.

Jetzt langte er eine kleine Waage aus dem Wirrwarr und der Dämmerung von Geräten hervor; er schien überall Bescheid zu wissen, denn er fand sie sofort. Das Geschäft nahm also doch seinen ruhigen Fortgang. Er wog erst die Löffelstücke in der Hand und legte sie dann behutsam auf die Schale der kleinen Waage.

»Vier Mark in barer Münze, vier Mark, das sag deiner Mutter. Und noch eins sag ihr, mein Kleiner: Sag ihr, sie solle sich das Geld selber bei mir holen. Der Weg ist nicht weit, es geht sich rasch vom

Marktplatz her, wo du wohnst, bis zu mir. Ist es nicht so? Da sagst du ja ... Hab' ich dich doch laufen sehen, mein Lieber, in deinem Matrosenkittelchen mit dem blauen Kragen.«

Er nahm den Stoff meiner Jacke zwischen die Finger, als wollte er sie daran reinigen. Ich sah es wie in einem furchtbaren Alpdruck, ganz kalt war mir, über und über.

Aber darüber prägte sich mir doch das greise Angesicht tief in die Seele, die alt-gebetteten Augen, die in großer Klarheit glänzten, der weißgraue Bart um den ruhigen Mund, der beinahe schmerzlich lächelte, nicht eben liebreich, aber auch nicht böse.

Erstarrt die Seele in Schreck oder Furcht, so wird ihr darüber die Fähigkeit, die Eindrücke der Umwelt aufzunehmen, nicht genommen, im Gegenteil, die Erscheinungen prägen sich ihr um so tiefer und oft für immer ein. Der mächtige Greisenkopf mit den ernsten blauen Augen steht noch heute deutlich vor mir, ein gewichtiges Mal der Erinnerung im Grenzland von Wandlung und Entscheidung.

Freilich gelang es mir, mich rasch zu fassen, da ich durch unsere Lehrer gelernt hatte, daß man sich in gefahrvollen Lagen vor allem nicht einschüchtern lassen darf, und ich sagte, ich glaube, ziemlich ruhig: »Ich werde es also meiner Mutter sagen.«

»Gut, gut«, antwortete der Alte, und als ich nach dem Gegenstand unserer Verhandlungen griff, um mich mit ihm davonzumachen, legte er ruhig seine Hand darauf und fügte hinzu: »Den silbernen Löffel da laß derweil hier bei mir.«

»Ja«, sagte ich mit verzweifelter Tapferkeit, »es ist gut.«

Der Alte sah mich an: »Wer weiß«, meinte er langsam, »wer weiß, ob es gut ist: Vielleicht ist es das erste Silberding, das dir zerbrochen ist, so ist es dann vielleicht auch das letzte.«

Ich verstand nur dunkel, was er meinte, Bangen und Achtung trugen mich sonderbar davon, wie ein düsterer und ein lichter Engel. Mein wilder Zorn auf den Alten brach nicht durch, etwas Neues, Heißes bohrte mir tief in der Brust, tiefer, als Zorn entsteht, und ich hatte ein unmenschlich starkes Verlangen nach einer guten und hilfreichen Hand.

Die Tage der Ungewißheit, die diesem Erlebnis folgten, sind die schwersten meiner Kindheit gewesen; ich kam zu keinem Entschluß und fühlte doch, daß etwas geschehen mußte und würde. Daß dieser Alte den Löffel stillschweigend für sich behalten könnte, glaubte ich keinen Augenblick, und meiner Mutter wollte ich mich nicht anvertrauen, weil ich fürchtete, ihr großes Leid damit anzutun. Es muß sehr schlimm um mich gestanden haben, denn ich war in der Schule fleißig und machte die Hausaufgaben mit Sorgfalt, so daß Anni mein Tun und Verhalten mit Sorge verfolgte.

Ein paar Tage später, als ich nach der Schule das Eßzimmer betrat, in dem schon alle um den Speisetisch versammelt saßen, merkte ich sofort, daß der Händler dagewesen war und daß er meinen Vater angetroffen und gesprochen hatte. Mein Vater war in allen äußeren Lebensformen ein rechtlich gesinnter Mann, und es fehlte ihm, wie vielen Leuten seiner Art, deshalb jeder Sinn für Gerechtigkeit.

Ich will die Tage, die nun folgten, nicht schildern, sie waren trüb und finster, nicht nur für mich, da mein Vater wohl mit Härte zu strafen verstand, aber nicht zu vergeben wußte – eine Haltung, die die gute Wirkung jeder verdienten Strafe aufhebt. Ohne die verweinten Augen meiner Mutter wäre mir diese Sache nicht so schmerzlich vorgekommen, denn ich wußte sehr wohl zu unterscheiden, ob die Beweggründe zu meiner Tat niedrig oder nur unbedacht gewesen waren.

Am zweiten Tage nach meiner Strafverbannung aus jeder Familiengemeinschaft, die ich bei Wasser und Brot im Badezimmer zu verbringen hatte, wurde ich am Abend Zeuge einer Unterredung zwischen meinen Eltern. Ich sollte mein Schlafzimmer aufsuchen, hielt mich aber noch auf dem Korridor auf, und die Tür zum Wohnzimmer war nicht fest geschlossen. Anni war schon zu Bett geschickt worden. Der helle Abend schien noch durch das Flurfenster, so schöne Sommertage zogen damals über das verbotene Land der Freiheit dahin.

Ich hörte, wie mein Vater sagte und darauf bestand, daß ich in eine Zwangserziehungsanstalt überführt werden sollte; man merkte, daß schon davon die Rede gewesen sein mußte, und meine Mutter widersetzte sich dieser Maßnahme, anfänglich mit Worten, Bitten und Tränen. Da, als mein Vater fest blieb, geschah nach großer Stille das erste Wunder meiner Kindheit: die Wandlung aller vertrauten Sätze von Kraft, Recht und Autorität in die Freiheit der höheren Gesetze eines starken Herzens.

Ich hatte mich, benommen und entbunden von Furcht und der Bedeutung solcher Entscheidungen, bis an die Türspalte vorgewagt; was konnte noch an Artigkeiten zu verletzen sein, nun, da das Höchste auf dem Spiele stand? War das die Stimme meiner Mutter?

»Wenn du den Jungen in diese schreckliche Anstalt schickst, so verlasse ich am selben Tag dein Haus und kehre niemals wieder zu dir zurück.«

Sie sah in ihrer Blässe und Entschlossenheit so schön aus, daß ich erzitterte. Wo waren ihre Milde, ihre Demut, ihre Unterwürfigkeit, alle jene Eigenschaften, ja ihre Art, in der sie zeit meines Lebens und Denkens meinem Vater ergeben und still gedient hatte, gehorsam wie ein Kind? Mir war, als sähe ich meine Mutter zum erstenmal und als wüßte ich damit meinen Weg.

Meinem Vater muß es ähnlich ergangen sein; er trat einen Schritt von ihr zurück, ganz verändert in seiner Haltung, maßlos erstaunt, aber zugleich im Tiefsten getroffen.

»Gut, gut ...« sagte er leise und beschwichtigend und starrte ohne Aufhör in die hellen Augen meiner Mutter. »So wollen wir es noch einmal versuchen. Willst du die Verantwortung übernehmen?«

»Ja«, sagte die Mutter.

## Zwölftes Kapitel

# Ulsnis

Im nächsten Sommer war Anni nach Eutin eingeladen worden, von Leuten, die mich schon kannten, so daß ich nicht mitdurfte. Dagegen erklärte sich mein Onkel Peters bereit, mich für vier Wochen in sein Pfarrhaus aufzunehmen, das in Ulsnis, einem kleinen dörflichen Kirchspiel an der Schlei, lag. Dieser Onkel begriff nicht, daß ich ein großer Held war, wenn ich allein spielen mußte: Achilles, der die Trojaner niedermähte. Ich bekämpfte seine Sonnenblumen im Gartengrund vor den Gemüsebeeten. Mit einem gewaltigen Holzschwert und einem Schild, der mit selbstgewonnenem Katzenfell überzogen war, vernichtete ich in ganz kurzer Zeit vierzig Trojaner, nicht ohne daß ich sie zuvor mit Pfeilen beschossen und mit meinem Speer beworfen hätte, der zwei fällte. Meinem Onkel fehlte der Sinn für die Antike.

Da er Pfarrer war, nannte er die Leute des Altertums durchweg Heiden und verwarf alles als Unmoral, was sie getan hatten. Sollte man seinen Worten Glauben schenken, so begann die menschliche Sittlichkeit mit Abraham und dauerte in dessen Familie an bis zum Erscheinen Christi. Dann hörte sie in diesem Volk über Nacht völlig auf und nahm ihren Sitz in den Pfarrhäusern, soweit sie nicht katholisch waren, und vorwiegend in Deutschland. Von den Franzosen erfuhr ich, daß sie Schaumwein in zweifelhafter Gesellschaft zu sich nähmen, und von den Engländern, daß sie ähnlich schädliche Getränke an unschuldige Neger- und Chinesenstämme verzapften, um sie ihrer Baumwolle und Seide zu berauben.

»Wiederhole, was ich gesagt habe!« rief der Onkel, Widerspruch witternd.

Da ich nur halb hingehört hatte, kam eine Antwort zustande, die etwa ausgesagt haben mag, daß die Franzosen ihrer zweifelhaften Gesellschaft die Baumwolle und Seide raubten; jedenfalls schlug der Onkel aufgebracht und gutmütig nach mir, wagte aber nur diesen einen Ausfall, dem ich mich entziehen konnte.

Ich merkte trotzdem, daß er mich gut leiden konnte und ein

heimliches Vergnügen an mir hatte; er schickte mich auch wegen der Sonnenblumen nicht fort, sondern ließ sich am Abend von mir aus der Ilias vorlesen, die ich in der Schwabschen Umdichtung gegen einen Schulatlas eingetauscht hatte und damals immer bei mir führte. An der Art, wie er nach einer langen Weile die Pfeife hielt und schwenkte, merkte ich, daß er in Begeisterung geriet und daß die herrlichen Bilder und Gestalten dieser Dichtung Gewalt über ihn bekamen. Seit jener Stunde gewann ich ihn lieb und trug ihm seine Sittlichkeit nicht mehr nach.

Er ergänzte mir den Ablauf der Geschichte der damaligen Zeiten nach seinen Kenntnissen, aber den Schmerz des Achilles vor der toten Penthesilea ließ er sich von mir erklären, schwieg mit unsicherem Lächeln, während ich sprach, und die Überlegenheit seines Gesichtsausdrucks ging langsam in Staunen über.

»Genug!« rief er. »Wie willst du das wissen, du Sonnenblumenritter, du Schlangenbändiger, du Froschjäger? Ja, die Heiden, diese Heiden ... die hatten noch Erlaubnis.« Wozu, blieb offen; er sah in den abendlichen Garten hinaus, und wir lauschten zusammen auf die hellen kurzen Schreie der jungen Eulen, die wie sanfte, weiche, farblose Federbälle auf den spärlich belaubten Zweigen des Birnbaums hockten.

Der Onkel wurde schwermütig: »Meine Frau«, begann er, »deine Tante ...« Hier verstummte er.

Ich beschloß, die Eulen zu fangen.

Es war deutlich, daß dieser Onkel mich genau in dem Maße leiden mochte, wie ich ihm bei unserem persönlichen Zusammensein Unterhaltung bot und Gelegenheit, etwas auszusagen, das ihm wichtig vorkam; entzog ich mich ihm jedoch längere Zeit oder ging ich meine eigenen Wege, so wurde er unruhig und mißtrauisch und sammelte Einwände. Ich mußte ihn gewissermaßen täglich neu erobern, was mich verdroß; ich hatte mehr für beständige Sympathie übrig, die ohne Ansehen der Person und der Untugenden als Liebe waltete und Freiheit gewährte.

Sonntags legte er großen Wert darauf, daß alle Hausgenossen den Gottesdienst besuchten, wenn er die Predigt hielt. Zum Pfarrhaus gehörte ein eigenes Gestühl in der Dorfkirche, die alt und wohnlich wirkte. Leider gehörte mein Onkel zu den Pastoren, denen nicht gegeben ist, rechtzeitig das Ende ihrer Predigt zu finden, man merkte deutlich, wie er nach einer Stunde auf der Kanzel ärgerlich wurde, weil sich kein Ende einstellen wollte, auch erbitterte es ihn, wenn die Bauern einschliefen. Waren alle in Schlummer gesunken, so erhob er seine Stimme bis an die Grenze des Schrecklichen; meistens wählte er hierfür eine Drohrede aus den alten Propheten, so daß die Schläfer erwachten und das Schnarchen hier und da versummte. Da nun aber die Erweckten wegen der Störung Verdruß und Unwillen zeigten, sah mein Onkel sich genötigt, sie zu versöhnen, weil ein gut Teil dieser Bauern seine Pächter waren, und so ging er auf einen freundlichen und einschmeichelnden Ton der Rede über, der eher die Gnade als den Zorn des Himmels in den Vordergrund rückte, so daß alle wieder einschliefen.

Da die Tante ihr Strickzeug mitbrachte, hielt sie es aus, bis endlich die Gemeinde durch Hunger in Unruhe versetzt wurde. Dann kam das Amen, häufig mitten im Satz, und wir sangen ein Dankeslied. Zuweilen kam während der Predigt ein Hund durch den Mittelgang, hörte meinen Onkel predigen und bellte zur Kanzel empor, dann wählte der Onkel etwas aus der Apokalypse, um das Hündchen zu verscheuchen; der Leviathan tauchte auf, der, soviel ich mich erinnere, im Finstern schlich, und die große Hure Babylon. Das Hündchen trat eilig den Rückzug an, und ich hörte es noch eine Weile draußen in der Sonne zwischen den alten Grabsteinen scharren und im Efeu rascheln, so daß ich mich fortsehnte.

Von der Tante habe ich nur sehr verschwommene Eindrücke; ich erinnere mich, daß sie viel im Lehnstuhl saß, bei Regen in ihrem Zimmerchen und bei Sonnenschein unter der Gartenlinde, und strickte und las, was sie gleichzeitig konnte. Wenn ich zu ihr sprach, so lauschte sie abwegig und resigniert, doch ließ sie mich gewähren. Sie hatte keine Kinder und verstand sich nicht auf das Treiben der Jugend. Sie las meist englische Romane, ich erinnere mich noch genau, daß einer von ihnen »With harp and crown« hieß. Er ging den König David an, von seinem Regierungsantritt bis zum bedauerlichen Vorfall mit Frau Betseba, und endete mit seiner Buße, auf die es ankam. Sie versuchte mir daraus vorzulesen und übersetzte mir einiges aus der Zeit der Reue, ließ sich aber dann doch lieber den Rücken von mir krauen.

Der Onkel saß meist in seinem verrauchten Studierzimmer, mehr mit Zahlen als Buchstaben beschäftigt, er war ein guter Geschäftsmann, und ich erfuhr später von meinem Vater, daß er sich ein stattliches Vermögen gesammelt hatte. Er bezog nur ein geringes Gehalt, jedoch gehörte zur Pfarre ausgedehntes Koppelgelände, das er zum Teil den Bauern verpachtete, zum andern Teil mit Ochsen bevölkerte, die er nach England verkaufte, nachdem aus Kälbern feiste Schlachttiere geworden waren.

Er war sehr geizig. Eigentlich wurde für den Lebensbedarf nur Brot angeschafft, soweit es ihm die Bauern nicht umsonst gaben oder als Entgelt für Taufen, Hochzeiten oder Krankenbesuche lieferten. Den Rest des täglichen Bedarfs an Nahrungsmitteln gaben der Hühnerstall, die Ziegen und der Gemüse- und Obstgarten her. Zuweilen verkaufte er im Herbst bis zu hundert Zentner Obst in die Kreisstadt. Er gönnte sich selbst kaum einen Apfel.

Es lag immer etwas Geld sichtbar auf seinem Schreibtisch, Silbermünzen oder Papierscheine, hübsch angeordnet, neben einer blanken Holzdose, die mit dunklem Tabak angefüllt war, grob wie Torf. Dieser Tabak war der einzige Luxus, den er sich gestattete. Er war verschlossen und gutmütig, solange man nichts von ihm forderte. Ich hörte später, daß mein Vater für meinen Ferienaufenthalt bei ihm bezahlt hatte, aber es gefiel mir gut in Ulsnis, weil man mich gewähren ließ, vom Sonnenaufgang bis zur sinkenden Nacht. Kam ich nicht zu den Mahlzeiten, weil ich irgendwo mit den Fischern oder Bauern gegessen hatte, die reich und freigebig gegen ein Kind waren, so wurde ich mit Freundlichkeit empfangen, und der Onkel sagte, daß ich selbständig sei.

Bald verzichtete ich mit Großmut auf das Frühstücksei, um mich reichlich aus den Nestern in der Scheune schadlos zu halten, und nahm das Lob der ahnungslosen Tante, die ewig in Geldnöten war, mit Huld und aufrichtig glücklich entgegen. Sie lächelte schwermütig und erleichtert und streichelte mir das Haar. So lernte ich manches verliehene Prädikat der Tugend mit der Vorteilssucht der Lobenden zu verbinden und wurde ruhiger auf meinen Abwegen.

Dies ist die Zeit meiner Kindheit gewesen, in der mir die erste Ahnung von den Wohltaten des einsamen Lebens aufging, vom Glanz der Stille und vom Glück der Wanderschaft in den Gärten der eigenen, noch schlummernden Seele. Das gewohnte Treiben des Elternhauses, die Schulkameraden und Anni sanken weit hinter mich und völlig von mir ab, so völlig, wie nur ein Kind vergessen kann. Die Bedrängnisse der Lehrerschaft waren verschollen, und selbst die besorgte Liebe meiner Angehörigen versank wie eine Last.

Was mir das alternde Pfarrerspaar an Zuneigung oder Teilnahme angedeihen ließ, war ganz wesenlos und berührte mich nicht, denn ich fühlte, daß ich ihnen vollständig gleichgültig war und daß sie nur eine gewisse Rücksicht und Höflichkeit walten ließen, die meinen Eltern, vornehmlich meiner Mutter, galten, keineswegs aber mir. Ich benahm mich anständig gegen sie, weil ihre Gleichgültigkeit mich mit einem unbewußten Dank erfüllte, vielleicht war ich auch nur deshalb vorsichtig und achtete ihre Wünsche, weil ich fürchtete, sonst den herrlichen Zustand meiner vollkommenen Freiheit zu zerstören.

So lernte ich den Liebeswert der eigenen Kräfte zum erstenmal an den toten und lebendigen Dingen zu erproben, die mich umgaben, und indem ich die Umwelt in die Bereiche meiner Phantasie zog, um sie zu meiner Unterhaltung Gestalt und Wesen werden zu lassen, machte ich den ersten Schritt zum selbständigen Dasein, so unbewußt und ahnungslos dahintreibend, daß Sonne, Wald und Wiese in meinem Blut mit dem Sommerglück der Landschaft eins wurden.

Ich weiß noch gut und für immer vom Morgenwind an der Schlei, von seinem Geruch im Frühtau, von Baumwipfeln, in denen ich Laubhütten baute, von den Blumenwiesen mit ihren Schmetterlingen und von der Waldtiefe, und daß ich allein war. Im Raum- und Zeitlosen blühte das Geheimnis, ich besaß alles und wußte nichts, das Daseinsglück war so unerkannt und doch in aller Helligkeit wirksam, wie es die Atemzüge eines Schlafenden in reiner Luft sind, der von Freude und Licht träumt. Ich war allein und lernte die Einsamkeit als hohes Glück empfinden, als Stille und Freiheit.

So bevölkerte ich die Welt nach meinem Sinn und errichtete ein Königreich, das ich in Wald- und Wiesenreviere genau abgrenzte; der Bach und seine Schlucht schlossen meine Provinzen nach Norden zu gegen das feindliche Königreich ab, mit dem ich dauernd im Krieg lag. Meine Burg im Grünen war unter einer uralten, weitverzweigten Linde herrlich erbaut und aufs beste befestigt, ihre heimlichen Räume waren von Zweigen so dicht geborgen, daß kaum das Licht in die tiefsten Gründe drang, wo die Ilias und Andersens Märchen neben meinen Waffen lagen. Ich besaß zwei Schwerter mit Schnitzereien und bemalt, einen Lasso aus einer Wäscheleine, Pfeil und Bogen, Speere und einen Schild.

Die Untertanen meines Reiches von den Vögeln bis zu den Farnkräutern erfreuten sich meiner Huld und bebten unter meiner Ungnade. Eines Morgens wurden die Brennesseln hinter dem Holzschuppen zum Tode verurteilt, weil eine Empörung unter ihnen ausgebrochen war, und das Morden war schrecklich. Zwei kleinere am Zaun wurden begnadigt, denn ich liebte die Großmut ebenso wie die Grausamkeit, und heute peitschte mich der Wille zu herrschen gewaltig auf, morgen erlag ich der Sehnsucht zu dienen. Der Wechsel solcher Einstellung vollzog sich jäh, leicht und ohne Schmerz oder Reue, weil ich allmächtig war, und immer das Nächste, das mir begegnete, lockte und verführte mich gnädig in seinen neuen Lebensbereich.

Oft zog ich schwerbewaffnet in den Wiesenkrieg, der den Schmetterlingen, Schnecken und Feldmäusen galt, um dann für viele Stunden nichts zu tun und nichts zu sehen als die Grashalme, die sich in Sonnenschein und Wind bewegten. In der Einfalt meines Gemüts und meines Glücks beschloß ich, im Leben niemals etwas anderes zu tun. Ähnlich ist es gekommen.

Zuweilen verirrten sich Schmetterlinge aus dem Nachbarreich auf meine Gebiete – das war verboten. Ich verfolgte sie im hohen Zorn der Gerechtigkeit, gab es aber bald auf und ließ sie gewähren, da ich meine Machtlosigkeit den Schönsten und Schwächsten gegenüber erkannte. Ähnlich ist es geblieben.

Ich liebte die kleine Seejungfrau, dies holdeste und süßeste aller Märchen; nie wieder, bis an den heutigen Tag, habe ich ein Mädchen so heiß und hingegeben, mit soviel Glanz und Glut und Trauer geliebt. Eine erste Ahnung zog mit ihrem Liebreiz und Schicksal in mein Gemüt, das Wehen von Licht und Nacht über die Herzen des Erdbereichs, ein ungewisses erstes Erlauschen vom Engellied der Opferbereitschaft und vom Kriegsruf der Begierde. Ich wußte nichts und besaß alles, was ich wollte, meine Forderungen waren einfach und hochgesinnt, und ich gab keine von ihnen preis, sondern leitete die unerfüllbaren mit großem Glauben in die dahinziehenden Lichtwolken des Traums. Mit jeder hohen Forderung, die wir aufgeben, verläßt uns ein Engel, damals standen sie, eine schimmernde Wehr, um meine grüne Burg.

Leider wurde mein Ferienaufenthalt in Ulsnis dadurch vorzeitig abgebrochen, daß ich Grete mit dem Lasso fing. Sie war bei allen Hausgenossen beliebt und gab die meiste Milch. Ich hatte mich im Lassowerfen an Baumstümpfen, Kohlköpfen und Zaunpfählen geübt und bei schlechtem Wetter im Hausflur an Stuhllehnen, sehnte mich jetzt aber nach einem lebenden Objekt.

Die Ziegen weideten für gewöhnlich auf einer Wiese hinter den ausgedehnten und wild verwachsenen Ausläufern des Pfarrgartens. Die Weide senkte sich in eine Waldschlucht, durch die ein Bach floß, leise und geheimnisvoll, im tiefen Buchenschatten. Aus diesen Jagdgründen brach ich mit dem Lasso auf und war etwas erstaunt, daß die beiden Ziegen nicht die Flucht ergriffen, als ich am Waldrand aus der Baumtiefe auftauchte. Ich versuchte sie in Schrecken zu versetzen, denn ich hatte mir den Lassofang so vorgestellt, daß eine Verfolgung und wilde Jagd vorausgehen müßten; es ist die höhere Art, den Lasso einem fliehenden und nicht einem stehenden Tier überzuwerfen, und ich traute mir diese Kunst nicht allein zu, sondern ich wünschte, sie in großem Stil zu erweisen. Jedoch die Ziegen grasten ruhig weiter, und meine einschüchternden Zurufe fanden keine Beachtung. Als ich einen Stein warf, sah Grete sich nur langsam nach mir um, so daß ihr gutmütiger Teufelskopf mit Bart und Hörnern mir genau von vorne zugekehrt war.

Diese Anteillosigkeit verdroß mich, ich ging zum Angriff über, wählte aber an Stelle der erhofften Treibjagd einen verhältnismäßig großen Abstand, um weidgerecht und gewissermaßen mit dem Anstand eines offenen Visiers vorzugehen.

Der kreisende Ring der Leine schwebte herrlich, machte den guten Bogen des echten Cowboywurfs ziemlich flach durch die Luft und legte sich, beinahe weich und ungemein kunstgerecht, um Gretes Hals. Ich zog an, so fest ich konnte, glühend vor Stolz und entschlossen, diesem Tier volle Klarheit darüber zu verschaffen, was hier vor sich ging und was ein Lasso in der Hand eines guten und kühnen Jägers bedeutete.

Die Ziege machte einen sprungartigen Satz, ziemlich hoch und deutlich noch im Unklaren über die Richtung, die sie einschlagen mußte. Ich beschloß, sie an mich heranzuziehen, damit ich ihren Hals aus der Schlinge befreien konnte, um den Wurf zu wiederholen, aber sie mißverstand meine wohlwollende Absicht und zerrte, jetzt deutlich in Erregung versetzt, in die entgegengesetzte Richtung. So entstand eine Art Tauziehen zwischen uns, wie wir es auf dem Schulhof bisweilen übten, und mein Ehrgeiz wurde auf ein neues Feld verschlagen.

Das fehlte mir, daß eine Ziege mich über die Wiese zerrte! Ein Steinbock etwa, ein Lama oder vielleicht eine männliche Gazelle hätten mich mit erfolgreichem Widerstand keineswegs verletzt, aber eine Milchziege ...

Das Tier erwies sich als standhaft und ausdauernd, war aber weit weniger ruhig am Werk als ich, der ich mit fest eingestemmten Füßen furchtlos die besten Kräfte einsetzte. Sie machte wilde Sprünge und ruckte, unregelmäßig von Entschluß, so heftig ins Gelände, daß ich fast zu Boden gefallen wäre und in Zorn geriet.

War es möglich, daß eine Ziege stärker war als ich? Jetzt zerrte sie mit außerordentlicher Leidenschaft, geradezu wild, sie kreiselte, ja man hätte von einer Art Wirbeln reden können, denn sie erhob sich dabei hoch in die Luft, schlug aus, daß es pfiff, und verwickelte sich unentwirrbar in das Seil. Niemals hätte ich einer Ziege so viel Beweglichkeit zugetraut.

Ich war jetzt tatsächlich zu Fall gekommen und erhob mich angstvoll und gedemütigt; die Spannung war völlig gelöst, Grete lag still mit gesträubtem Fell im Gras und rührte sich nicht mehr. Ich löste mit zitternden Händen das Seil von ihrem Hals, das sich so fest zugezogen hatte, daß ich die größte Mühe aufwenden mußte, und begann sofort mit Wiederbelebungsversuchen, wie man sie mit Ertrunkenen anstellt. Ich rollte Grete auf den Rücken und machte gleichmäßige Schwimmbewegungen mit ihren Vorderbeinen; es hatte mich jetzt doch eine gewaltige Angst ergriffen, denn für einen wirklichen und noch dazu so schnellen Tod erschien mir dies Tier zu groß; ich fürchtete mich jämmerlich und begriff nicht, wie alles so stolz und gut Gemeinte, alles so arglos Gedachte, solch qualvolles Ende nehmen konnte.

Nichts half, Grete war tot. Herzschlag offenbar, denn die Zunge hing heraus. –

Als ich abreisen mußte, war ein klarer Morgen, und ich ging früh zum Dampfschiff nieder, zwischen den Knicks dahin, in denen die Goldammer zirpte. Der Huflattich am Weg war grau vom Sommerstaub der Straße, der Küster brachte meinen Koffer an Bord, das kostete nichts.

Der kleine Raddampfer klopfte sich die Schlei hinab, die wenig Strömung hatte; ich saß ganz vorn bei den Tauen und sah, wie das Wasser am Bug aufspritzte. Als Schilfinseln kamen, fragte ich einen Matrosen nach Möweneiern, aber er antwortete nicht – was galt ich auch noch? Bei der kleinen Station, wo ich auf den Zug warten mußte, hing eine bunte Fahne hoch und gering zwischen Kastanienbäumen, und ich nahm auch von den Staren Abschied.

# Dreizehntes Kapitel

## Ausklang

Der Konfirmationsunterricht gefiel mir anfänglich ganz gut, man wurde freundlicher behandelt als in der Schule, weniger gefragt und brauchte keine schriftlichen Arbeiten zu machen. Alles Mündliche erwies sich als leicht, wenn man in der Stunde einen guten Platz innehatte, weil der Pfarrer gewöhnlich nur die Knaben fragte, die ihm gerade gegenüber saßen und die sich meldeten. Besonders das Melden überwältigte ihn, man mußte nur recht mit der Hand flattern, er konnte dann nicht anders, er mußte nachgeben. Später sollten wir dann doch leider allerlei wirklich lernen: das Glaubensbekenntnis und seine Auslegung, die Zehn Gebote und was sie bedeuteten.

Meine moralische Einstellung zur Welt erlebte durch diesen Unterricht keinerlei Umwandlung; ich mied die Knaben, die plötzlich fromm wurden, sie erschienen mir unnatürlich, dunkel und deutlich hochmütig, obgleich sie sich sehr demütig gebärdeten und ihren Charakter wechselten wie einen Anzug. Um nicht ganz unbeteiligt zu bleiben und das Meine nach besten Kräften zu tun, hielt ich mich an diejenigen Gebote, die zu übertreten mir nicht gegeben war, lernte sie eifrig und befolgte sie treu. Ich begehrte weder meines Nächsten Weib noch trachtete ich nach seinem Vieh. So erlangte ich ein ausgezeichnetes Gewissen, was mir genügte, denn ich glaubte doch nicht daran, daß ich später jemals bei der Auferstehungsprüfung das Examen machen würde.

Wir sind alle in einer ganz falschen Anschauung von Religiosität, Schönheit oder Heldentum erzogen worden, so daß wir die Wirklichkeit des Lebens als nüchtern verachteten, ohne in den Erscheinungsformen des täglichen Daseins das Licht zu erkennen, aus dem die Fackeln des Heldentums emporblühen. Aber nur solche Einsicht vermag zu trösten, und von ihr her kommen die Helden des Weltgeschehens zu uns und geben uns recht.

Wir machten die Sinnbilder des Erhabenen zu einer fernen, weltfremden Wirklichkeit des Traums und der Erwartung, und niemand lehrte uns, daß der Boden selbst des Göttlichen immer nur ein menschliches Herz zu sein vermag.

So stand uns allen ein weiter Umweg bevor, den die wenigsten gemacht haben, und die Welt zerfiel uns in zwei feindliche Lager, die wir nicht miteinander vereinigen konnten.

Da ich mich beim Konfirmationsunterricht still verhielt, wie anfänglich immer, wenn ich etwas kennenlernen wollte und noch nicht übersah, schloß der Pfarrer mich besonders in sein Herz, so daß ich es leicht hatte. Ich wollte das Bild nicht zerstören, das er sich von mir gemacht hatte, und benahm mich anständig. Da ich die fürchterliche Eigenschaft, rot zu werden, wenn man mich von oben her ansprach, nicht abzulegen vermochte, rührte ich ihn.

Dieser brave Mann kannte die Menschen nicht, er liebte nur die Bilder, die er sich von ihnen erschuf, und verzieh deshalb niemandem, der ihn enttäuschte. Ich fühlte mich aber, wie alle Kinder, mehr zu solchen Erwachsenen hingezogen, die nicht die Tugend schätzten, sondern die gütig waren, wie zum Beispiel Pile Trak, meine Mutter oder der fremde Herr mit der Mark.

Um nun diesen gutmütigen Pfarrer auf keinen Fall zu kränken, nahm ich meinen Karl-May-Band nicht im Urzustand mit in die Bibelstunde. Ich überklebte den Einband sorgfältig mit schwarzem Papier, sogar die Ränder, und vergoldete den oberen Schnitt mit Goldstaub und Lack, wie man sie zu Weihnachten für Nüsse und Tannenzapfen braucht.

Es sah sehr fromm aus, wenn ich während der Stunde in diesem Buche las, und ich hielt es so, daß der Goldschnitt zum Katheder emporblinkte.

Als die anderen eines Tages nach beendeter Stunde aufbrachen, bemerkte ich es nicht gleich, weil Old Shatterhand mit geschlossenen Augen, im Liegen und ohne die Büchse in Anschlag zu bringen, einen feindlichen Indianerhäuptling im dichtesten Gebüsch des Urwalds mit einem Kopfschuß niederstreckte. So erschrak ich sehr, als sich eine Hand auf meine Schulter legte.

Im ersten Augenblick glaubte ich, Old Shatterhand habe mich getroffen, so heiß fuhr ich zusammen. Ich schlug rasch das Buch zu und erhob mich, denn unser Pfarrer stand hinter mir, schwarz und gerade. Ich konnte noch beobachten, wie sein Ausdruck von Ergriffenheit, Zustimmung und Teilnahme sich in bleichen Widerspruch verkehrte – er mußte über meine Schultern in das Buch hineingeschaut haben. Jetzt nahm er es mir fort und betrachtete den Titel, schlug es mit schwerem, langsamem Kopfschütteln um, drehte es, betrachtete den kohlschwarzen Einband, den Goldschnitt und wieder den Titel. Dann traf mich sein entsagender Blick schmerzlich empört, er übersah völlig, wie gut ich es bei meiner Maßnahme mit ihm gemeint hatte.

Man kann in solchem Fall nicht viel sagen, und so schwieg ich. Der Pfarrer behielt das Buch und schickte mich wortlos, nur mit dem Finger, nach Hause. Er streckte diesen Finger an angestrengter Hand lang und gerade aus, so weit von sich ab, als wolle er ihn für immer los werden. Meine Einsegnung wurde auf ein Jahr verschoben. Meine Mutter hatte den Besuch des Pfarrers herausgefangen, so daß mein Vater nichts von dieser Geschichte erfuhr. Ich erzählte sie ihm erst einige Jahre später, als er alt genug war, um sie zu verstehen.

Meine Mutter machte mir keine Vorwürfe; wohl rief sie mich zu sich und sprach mit mir über diese Sache, jedoch freundlich und ohne Groll, so daß ich fühlte, sie litt nicht so arg darunter, wie es vielleicht angebracht gewesen wäre. Auf alles, was »angebracht« war, ließ meine liebe Mutter sich selten ein. Wenn sie an ein Herz glaubte, so war ihre Sorge, daß es auch in der Welt bestehen möchte, blühen und leuchten, und sie wußte, daß dazu Kräfte gehören, die ihre Wurzeln im Erdreich haben. Sie haßte das Niedrige, aber sie verwechselte es niemals mit der unbewachten Tat des Natürlich-Bösen, dem Felsenland für Gottes wilde Blumen. So brauchte ich die Priester nicht, wie alle, die unter der Fürsprache der Mutter selber stehen.

»Geh morgen früh zu Tante Eukarestie«, sagte sie ein paar Tage später zu mir, »sie ist krank und wird sich über deinen Besuch freuen.«

»Und die Schule?«

»Laß nur. Geh zu ihr, sooft sie will.«

Ich weiß heute, daß Tante Eukarestie mich sehr geliebt haben muß, aber was macht sich schon ein Kind daraus, das einen Apfel mit derselben Gelassenheit einschiebt wie ein altes Herz? Ich ging nicht mehr in die Schule, sondern zu ihr; es fiel nicht weiter auf, da ohnehin die Herbstferien vor der Tür standen.

Wirklich, Tante Eukarestie war in der letzten Zeit sehr müde geworden, jedoch nur körperlich; was sie aussprach, war klar und von großer Helligkeit. So erblickte ich denn, wie sie langsam starb, wußte es aber nur undeutlich und ohne Angst. Sie tat es gewissermaßen unauffällig und ganz einfach, sie blieb in ihrem Bett und wurde immer stiller. Zuweilen kam mein Vater, hielt sich aber immer nur kurze Zeit auf und machte seine gütigen Scherze mit ihr, die Tante Eukarestie mit ruhigen Augen hinnahm.

»Ja«, sagte er dann etwa zu mir, »bleib nur hier, mein Junge, das ist doch mal etwas, was du kannst.«

Es blieb unbestimmt, was er meinte.

Da ich spielen mußte, konnte ich nicht immer bei Tante Eukarestie sein; kam ich, so nahm sie meine Hand und hielt sie, bis die ihren wieder wärmer wurden. Dann vermochte sie eines Tages auch das nicht mehr. Hier verschleiern sich mir die Bilder meiner Erinnerung; es kamen andere Leute und wachten bei ihr, eine gebeugte Krankenschwester, die aussah wie ein Pferd, in eine preußische Fahne gehüllt, und ein zweiter Arzt, ziemlich dick, der mich freundlich fortschickte. Bis wir die Tante auf ihrem Totenbett wiedersahen, um Abschied von ihr zu nehmen.

Als sie noch lebte, hatten wir sie mit unserem lauten Getrampel oft geärgert, jetzt, wo sie tot war und nicht mehr hören konnte, gingen wir auf den Fußspitzen. Sie lächelte so sonderbar aus ihrem spitzen Kinn heraus und von schmalen Lippen her, die fast verschwunden waren. Die Lider lagen tief über die ganzen Augen gedeckt, sie sah nichts mehr, und man merkte, sie wollte auch nicht. Sie lächelte friedlich und doch voll sanften Hohns, als habe sie zu Lebzeiten ihr Spiel mit uns getrieben und gäbe es jetzt versöhnt und listig zu.

Man mußte fast das halbe Haus ausräumen, als der Sarg kam, und Prediger saß unzufrieden zwischen den Trümmern. Ich versuchte, ihn mit zu uns zu nehmen, das wollte er nicht. Da er Kummer gewöhnt war, suchte er sich zum Liegen wenigstens den Sonnenfleck auf dem Teppich aus, wo noch die spärliche Wärme des Oktoberlichts strahlte. Dort trauerte er.

Die Stille im Raum legte sich beklemmend auf unser Gemüt, und ich lauschte aufmerksam, um zu erfahren, was sie barg. Dann ging ich Hand in Hand mit Anni fort, das war alles, denn wir konnten noch nicht so recht trauern.

Wir durften mit auf den Kirchhof, als Tante Eukarestie begraben wurde. Man merkte erst dort, wie viele Freunde und Bekannte sie gehabt hatte. Es war eine ganze Prozession dunkler Gestalten, die sich in einer ziemlich unordentlichen Gruppe um das offene Grab aufstellten. Ich erschrak etwas, als ich unseren Pfarrer von der Konfirmandenstunde wiedererkannte, fühlte ihn aber entrückt und als gefahrlos, da er seinen Ornat trug und mich weiter nicht beachtete.

Auch die Damen von der Teestube aus der Prüne waren da, hielten die Taschentücher in Bereitschaft und sahen in ihren Pelerinen wie schwarze Glocken aus. Meine Mutter stand abseits, aber ich wollte gern ganz vorne stehen.

Als die Feierlichkeit mich zu drücken begann, sah ich auf Anni, das tröstete mich. Sie schaute so klug und freundlich drein, wie meistens Leute, die nicht um ihre Wirkung auf andere besorgt sind, sondern die andere auf sich wirken lassen. Ihre braunen, lebhaften Augen musterten, gewissermaßen langsam, alles was geschah, und man erkannte deutlich, daß sie nicht willens war, sich irgendwo entscheidend einzulassen. Ich folgte dem Weg der kleinen, sicheren Seele und horchte jetzt auch auf die Worte des Predigers.

Er sagte eben in seiner Rede aus, daß die Tante friedfertig gewesen sei, so daß Anni und ich uns anschauten wie auf einen Befehl hin, freilich ohne zu lachen, das ging jetzt nicht an. Tante Eukarestie friedfertig?! Solange sie lebte, hatte sie gestritten, wo irgend sich eine Gelegenheit dazu herbeiführen ließ. Dann sprach der Geistliche von ihrer Wohltätigkeit. Wohltätig war sie auch nicht gewesen, sondern schrecklich geizig. Er rief aus, sie habe keine Kinder geboren und träte deshalb rein vor Gottes Thron hin. Ich weiß noch gut, daß ich einen Augenblick darüber nachdachte, ob demnach alle Frauen, die Kinder geboren hatten, unrein wären, und entsetzte mich, unruhig und gequält, über das wehmütige Geklage, das dieser große Mann über der offenen Grube ausstieß, als sänge er.

Er zählte lauter Eigenschaften auf, von denen die Tote nicht eine einzige besessen hatte; nur ihr schönstes Gut, das liebe Herz, erwähnte er nicht. Er legte einen Gottesorden der Tugend nach dem andern auf die arme Brust, bis ihr Licht erloschen war, und die Verwandten am Grabe hoben und wölbten dafür ihre Brüste.

Dann verflogen mir die Gedanken wieder, es war ein so schöner Tag. Es standen ein paar Birken in der Nähe, nur spärlich belaubt, und kleine Vögel mit langen Schwingen flogen von Baum zu Baum in sonderbarem Flug. Sie hoben sich in die Luft empor und legten die Flügel an, sanken ab und breiteten sie wieder aus, so daß sie in merkwürdig geschwungenen Kurven, auf und nieder, ihren Weg an den blauen Himmel zeichneten. Immer blieben sie in kleinen Scharen beisammen, und das Laub verfärbte sich auch schon.

Jetzt begann das Vaterunser, nun, das kannte man. Ein Onkel zwinkerte mir wütend zu, daß ich mitbeten sollte, und ich kam auch noch herein, dicht hinter den Schuldigern. Die Erde raschelte auf die Blumen nieder, und die Gruppe löste sich langsam auf. Am Ausgang des Gartens durfte ich mit in den Wagen von Onkel Theodor, aber ich riß mich fassungslos von seiner Hand und lief zur Pforte zurück: Tante Eukarestie war ja nicht mehr dabei …

Mit Tante Eukarestie versinkt ein wichtiger Abschnitt meiner Kindheit, ich glaube sogar, meine Kindheit selbst, und ich habe erst viel später erkannt, wie notwendig der Schlag dieses alten Herzens in den Märztagen meines Daseins gewesen ist. Sie war die Zuflucht der Nöte und Freuden, ohne daß ich es wußte, und der Widerhall von Klage und Jubel, das Echo, auf das wir nicht hörten. Täglich werfen wir einen Blick in den Spiegel, um uns zu vergewissern, daß alles so in Ordnung ist, jedoch niemand dankt der lichten, stillen Fläche, die uns zu schauen gibt, was wir wissen müssen. So ähnlich ist es mit ihr und uns gewesen.

Die Tage und Jahre, die Tante Eukaresties Tod folgten, liegen für mich in dämmrigem Schleier von Wunsch und Erleiden, von frühem, unverstandenem Kampf, von Ratlosigkeit und Torheit. Ich weiß nur eins: daß ich viel zu lange viel zu jung gewesen bin und daß meine Erzieher und Helfer kaum Macht über mich hatten. Ich lief dann auch bald von zu Hause fort und suchte den Aufgang, noch ohne Sinn für Sinken oder Steigen. Die Zeit hatte größere Geschwindigkeit als ich, und ich wußte noch nicht, daß ich langsam gehen mußte, wenn ich sie einholen wollte.

Meine Kindheit hindurch wurde mir von allen anderen, außer von Tante Eukarestie und meiner Mutter, am stärksten mit dem »Ernst des Lebens« zugesetzt. Offenbar nahm man an, daß diejenigen den Kampf des Lebens am besten zu bestehen vermögen, die die meiste Angst vor ihm haben. Es war das aber so bei mir, daß ich den »Ernst des Lebens« als leer und sinnlos empfand und nahm mich und meine Spiele ernst.

Ermißt man dies unbefangenen Gemüts, so trifft es auf die Wesensart bestimmter Menschen für immer zu: Das Bleibende entsteht in der Freiheit und Seligkeit eines göttlichen Spiels, und der unfreie Ernst der Spiel-Entwöhnten herrscht eine Weile am nützlichen Tag, sinkt aber rasch in die Nacht des Ewig-Unsichtbaren.